大头儿子和小头爸爸

烦恼的高兴事

★ 郑春华 著

·拼音版·

fán nǎo de gāo xìng shì
烦恼的高兴事

　　yí　gè dōng tiān de zǎo chen　　tài yáng méi chū lai　　yún
　一 个 冬 天 的 早 晨 ，太 阳 没 出 来，云

wá wa jí kū le　　bǎ dà dì nòng de shī shī de
娃 娃 急 哭 了 ，把 大 地 弄 得 湿 湿 的 。

　　Dà tóu ér zi xǐng le　　tā cóng xiǎo chuáng shang pá qi
　大 头 儿 子 醒 了 。他 从 小 床 上 爬 起

来，抖抖索索地跑过去掀起窗帘："哇！下雨了，不能出去玩了。"然后他跑向大床，一头钻进小头爸爸热乎乎的被窝里，还将冰凉的脚丫贴在他的大腿上。小头爸爸像是被烫着了似的"啊啊"直叫，大头儿子开心得要命。

"哗啦哗啦"，雨声响起来，好像是因为小朋友不出去玩让它更伤心。

小头爸爸闭着的眼睛忽然睁开来："听着，我编了一首儿歌：'哗啦哗啦，是什么落在地面，出门看一看，原来是爸爸在小便。'"

大头儿子"咯咯"笑起来，说："太好
玩了，我也来编一首。"

大头儿子清清嗓子念道：

小云朵

别哭啦

天上大雨哗哗下

草地积满小水洼

我们只能待在家

小头爸爸听了没笑，也没说话，而
是忽然坐起来，用力摇着大头儿子的
双肩，好像把他当成了一棵树，连
声说："编得太好了！真没有想到我

de Dà tóu ér zi hái shi yí gè xiǎo shī rén
的大头儿子还是一个小诗人……"

Dà tóu ér zi wèn   shén me jiào xiǎo shī rén
大头儿子问:"什么叫小诗人?"

Xiǎo tóu bà ba shuō   jiù shì nǐ tiān shēng huì xiě
小头爸爸说:"就是你天生会写

shī   kuài   zài biān yì shǒu
诗。快,再编一首。"

Dà tóu ér zi dé yì de xiào le   yì zhāng zuǐ yòu niàn
大头儿子得意地笑了,一张嘴又念

dào
道:

xiǎo yǔ diǎn ya xiǎo yǔ diǎn
小雨点呀小雨点

yí huì er tiào shang wū yán
一会儿跳上屋檐

yí huì er bèng dào dì miàn
一会儿蹦到地面

zì yóu yòu yǒng gǎn
自由又勇敢

Dà tóu ér zi biān hǎo le   mǎn huái xī wàng de děng
大头儿子编好了,满怀希望地等

zhe Xiǎo tóu bà ba de kuā jiǎng   kě Xiǎo tóu bà ba zhè huí què
着小头爸爸的夸奖。可小头爸爸这回却

méi yǒu kuā jiǎng　　　ér shì fēi cháng jǐn zhāng de fú zhù Dà tóu
没有夸奖，而是非常紧张地扶住大头

ér zi de jiān bǎng　　hǎo xiàng zài yáo dòng　kěn dìng huì yǒu hěn
儿子的肩膀，好像再摇动，肯定会有很

duō zhòng yào de dōng xi diào xia lai　　　nǐ bié dòng　qiān wàn
多重要的东西掉下来："你别动，千万

bié dòng　　rán hòu tā xùn sù cóng bèi wō li chū qu　dào kè
别动！"然后他迅速从被窝里出去，到客

tīng ná lai zhǐ hé bǐ　　huí dào bèi wō hòu méi dì fang pū kāi
厅拿来纸和笔，回到被窝后没地方铺开

zhǐ　　jiù bǎ Dà tóu ér zi de dù pí dàng zhuō zi　pū zài
纸，就把大头儿子的肚皮当桌子，铺在

shàng mian shuā shuā xiě qi lai
上面刷刷写起来。

　　Dà tóu ér zi kàn bu jiàn　zhǐ hǎo wèn　bà ba　nǐ
大头儿子看不见，只好问："爸爸，你

xiě xìn a
写信啊？"

　　Xiǎo tóu bà ba biān xiě biān shuō　bà ba bǎ nǐ biān
小头爸爸边写边说："爸爸把你编

de ér gē jì xia lai　rán hòu jì gěi biān jí bù
的儿歌记下来，然后寄给编辑部。"

shén me jiào biān jí bù　tā hǎo wán ma
"什么叫'编辑部'，它好玩吗？"

tā bú shì yóu lè chǎng shì zhuān mén gěi xiǎo péng
"它不是游乐场，是专门给小朋

yǒu biān shū de dì fang yào shi bǎ nǐ biān de ér gē hé nǐ
友编书的地方。要是把你编的儿歌和你

de míng zi yì qǐ dēng zài shū shang nǐ gāo xìng ma
的名字一起登在书上，你高兴吗？"

Dà tóu ér zi yì biān en yì biān fān shēn xiǎng zuò
大头儿子一边"嗯"一边翻身想坐

qǐ lai kàn
起来看。

Xiǎo tóu bà ba jí zhe shuō děng huì er děng huì
小头爸爸急着说："等会儿，等会

er jiù zài bǎ dà tóu ér zi èn zhù bǎ zhǐ pū zài tā bèi
儿。"就再把大头儿子摁住，把纸铺在他背

shang jì xù xiě
上继续写。

jǐ tiān yǐ hòu Xiǎo tóu bà ba zǒu zài xià bān huí jiā
几天以后，小头爸爸走在下班回家

de lù shang tā yì yǎn kàn jian yí gè shòu shū tíng jiù pǎo
的路上。他一眼看见一个售书亭，就跑

guo qu zhǎo chu yì běn ér tóng shū dūn zài dì shang jí ji
过去找出一本儿童书，蹲在地上急急

máng máng fān kàn qǐ lai cóng qián fān dào hòu cóng hòu fān
忙忙翻看起来。从前翻到后，从后翻

dào qián rán hòu tā tàn zhe qì zhàn qi lai shuō   zěn me hái
到 前 ，然 后 他 叹 着 气 站 起 来 说 ："怎 么 还

méi you dēng chu lai
没 有 登 出 来 ？"

　　Xiǎo tóu bà ba yí dào jiā   Dà tóu ér zi yòu jiē guo
　　小 头 爸 爸 一 到 家 ， 大 头 儿 子 又 接 过

shū wǎng dì tǎn shang yì pā   jí ji máng máng fān qi lai
书 往 地 毯 上 一 趴 ，急 急 忙 忙 翻 起 来 。

yě shì cóng qián fān dào hòu   cóng hòu fān dào qián   hái yòng
也 是 从 前 翻 到 后 ， 从 后 翻 到 前 ， 还 用

shǒu zhǐ tou zǐ xì de zhǎo   Dà tóu ér zi zài zhǎo tā de míng
手 指 头 仔 细 地 找 ，大 头 儿 子 在 找 他 的 名

zi   gēn běn méi you wǒ de míng zi ma
字 ："根 本 没 有 我 的 名 字 嘛 ！"

　　Xiǎo tóu bà ba tiān tiān xià bān huí jiā shǒu li dōu ná yì
　　小 头 爸 爸 天 天 下 班 回 家 手 里 都 拿 一

běn ér tóng shū   kě jīn tiān méi ná
本 儿 童 书 ，可 今 天 没 拿 。

　　Dà tóu ér zi jiàn Xiǎo tóu bà ba xià bān huí lai shǒu li
　　大 头 儿 子 见 小 头 爸 爸 下 班 回 来 手 里

shì kōng de   jīng yà de shuō   nǐ wàng jì mǎi shū la
是 空 的 ，惊 讶 地 说 ："你 忘 记 买 书 啦 ！"

　　Xiǎo tóu bà ba jiù jiǎ zhuāng shuō   ò   wǒ wàng
　　小 头 爸 爸 就 假 装 说 ："哦 ， 我 忘

了，明天再买吧！"

那怎么行呢！要是今天登出来怎么办？我们不买书就看不到了！

"不行。"大头儿子说着就用大头去顶小头爸爸的肚皮，把他顶到门外去，

"你重新下班，去把书买回来，我要找我的名字嘛！"等小头爸爸一退到门外，大头儿子就"砰"地把门关上了。

可就在大头儿子刚要离开门时，忽然看见有一样东西从门底下塞了进来——是一本书，一本儿童书！

"原来他是骗我的。"

大头儿子急忙捡起来，又像原来

那样"刷刷"地翻，更加仔细地寻找：

没有，还是没有……啊，就在翻到最后一

页的时候，大头儿子高兴地大叫起来：

"小头爸爸，你快来看呀，我的名字和我

的儿歌都登出来啦！"

"我正被你关在门外呢。"小头爸

爸的声音从门外传进来，"我可不是

火眼金睛。"

大头儿子这才想起来，连忙打开

门，高高举着的书差点塞到小头爸爸的

鼻子里："你快看呀，在这儿呢！"

小头爸爸说："我早就看过啦！"

可大头儿子还不让小头爸爸进屋：

"我要去看看那个售书亭。"

小头爸爸只好带着大头儿子去。

"就在前面。"没走多远，小头爸爸

就用手指了指。

走到售书亭跟前，大头儿子看不

见，小头爸爸就把他抱起来。大头儿子看

见了，说："呀，印着我名字的书就是在

这儿买的。"他转着大头看过来，又看过

去。

小头爸爸说："好了，我们该走了。"

大头儿子说:"不,我还没有看见有人买这本书呢。"

小头爸爸说:"反正有人买就行了,为什么要让你看见呢?"

"小头爸爸,"大头儿子停了一会儿忽然说,"我自己还没有买过呢!"

"你不是已经有了?"

"这是你买的,不是我买的。"大头儿子说着,从小头爸爸身上滑下来,把书放到他手上。

小头爸爸只好掏出钱,让大头儿子自己买一本。

zhè huí zǒng gāi zǒu le ba　　Xiǎo tóu bà ba děng Dà
"这回总该走了吧！"小头爸爸等大

tóu ér zi mǎi hǎo shū lā tā zǒu
头儿子买好书拉他走。

kě Dà tóu ér zi hái shi jiàng zhe bú dòng　　tā niǔ tóu
可大头儿子还是犟着不动。他扭头

kàn kan shòu shū tíng　　zhǎ zha yǎn jing shuō　　zì jǐ de shū
看看售书亭，眨眨眼睛说："自己的书

yīng gāi zì jǐ qù mài cái hǎo ne
应该自己去卖才好呢！"

shén me　　Xiǎo tóu bà ba dèng dà yǎn jing　　nǐ
"什么？"小头爸爸瞪大眼睛，"你

xiǎng bǎ zhè xiē shū dōu mǎi xia lai　　rán hòu zì jǐ zài qù
想把这些书都买下来，然后自己再去

mài
卖？"

Dà tóu ér zi lián lián diǎn tóu
大头儿子连连点头。

Xiǎo tóu bà ba yáo yao tóu　　yòu diǎn dian tóu　　tā ná
小头爸爸摇摇头，又点点头，他拿

chu qián bāo shuō　　nǐ mǎi ba　　mǎi guāng suàn shù
出钱包说："你买吧，买光算数！"

Dà tóu ér zi hé Xiǎo tóu bà ba yì rén káng yí dà dié
大头儿子和小头爸爸一人扛一大叠

ér tóng shū zǒu zài lù shang　tā men zài xún zhǎo kě yǐ bǎi
儿 童 书 走 在 路 上 ， 他 们 在 寻 找 可 以 摆

shū tān de dì fang　qián mian yǒu gè tái jiē　Dà tóu ér zi
书 摊 的 地 方 。 前 面 有 个 台 阶 ， 大 头 儿 子

shuō　jiù fàng nà er mài ba
说 ：" 就 放 那 儿 卖 吧 ！ "

　　tā men bǎ shū duī zài tái jiē shang　kě děng le bàn
他 们 把 书 堆 在 台 阶 上 ， 可 等 了 半

tiān yě méi you rén lái mǎi
天 也 没 有 人 来 买 。

　　Dà tóu ér zi shuō　dà gài bié ren bù zhī dao wǒ men
大 头 儿 子 说 ：" 大 概 别 人 不 知 道 我 们

zài zhè er shì mài shū de
在 这 儿 是 卖 书 的 。"

　　Xiǎo tóu bà ba shuō　yě xǔ wǒ men yīng gāi xiě gè
小 头 爸 爸 说 ：" 也 许 我 们 应 该 写 个

guǎng gào
广 告 。"

　　yí huì er　zài tā men shēn hòu de qiáng shang tiē le
一 会 儿 ， 在 他 们 身 后 的 墙 上 贴 了

yì zhāng dà guǎng gào　shàng mian xiě zhe　tiān cái ér tóng
一 张 大 广 告 ， 上 面 写 着 ：" 天 才 儿 童

xiě de ér gē　jiù kān dēng zài tái jiē shang de ér tóng shū
写 的 儿 歌 ， 就 刊 登 在 台 阶 上 的 儿 童 书

shang　qǐng dà jiā kuài lái mǎi
上　，请 大 家 快 来 买 。"

zhè yì xiě zhēn guǎn yòng　xǔ duō rén kàn wán guǎng gào
这 一 写 真 管 用 ，许 多 人 看 完 广 告

jiù tíng zài tái jiē qián　ná qǐ ér tóng shū fān kàn zhe　Dà tóu
就 停 在 台 阶 前 ，拿 起 儿 童 书 翻 看 着 。大 头

ér zi lián máng zhǐ zhe zuì hòu yí yè　zhè shǒu ér gē shì
儿 子 连 忙 指 着 最 后 一 页 ："这 首 儿 歌 是

wǒ xiě de
我 写 的 ！"

zhēn de ma　xíng rén jīng yà de wèn　yuán lái nǐ
"真 的 吗？"行 人 惊 讶 地 问 ，"原 来 你

jiù shì zhè ge tiān cái ér tóng　guài bu de tóu nà me dà
就 是 这 个 天 才 儿 童 ，怪 不 得 头 那 么 大 。"

yǒu rén jí máng ná qǐ shū　mō chu bǐ　shuō　nà
有 人 急 忙 拿 起 书 ，摸 出 笔 ，说 ："那

nǐ kuài gěi wǒ qiān gè míng ba
你 快 给 我 签 个 名 吧 ！"

kě wǒ bú huì xiě zì　Dà tóu ér zi wéi nán de
"可 我 不 会 写 字 。"大 头 儿 子 为 难 地

shuō
说 。

yí xià zi　hǎo duō rén dōu wéi zhù le Dà tóu ér zi lián
一 下 子 ，好 多 人 都 围 住 了 大 头 儿 子 连

^{lián shuō} ^{méi guān xi} ^{nǐ suí biàn xiě diǎn shén me ba}
连 说："没 关 系，你 随 便 写 点 什 么 吧。"

^{Dà tóu ér zi xiào yi xiào} ^{mō mo zì jǐ de dà tóu}
大 头 儿 子 笑 一 笑，摸 摸 自 己 的 大 头

^{shuō} ^{nà wǒ jiù huà gè dà tóu ba} ^{Dà tóu ér zi zài dì}
说："那 我 就 画 个 大 头 吧。"大 头 儿 子 在 递

^{guo lai de měi yì běn shū shang huà qi lai} ^{huà zhe huà zhe}
过 来 的 每 一 本 书 上 画 起 来。画 着 画 着，

^{tā hū rán yòu shuō} ^{zhè shū wǒ sòng gěi nǐ men le} ^{yīn wei}
他 忽 然 又 说："这 书 我 送 给 你 们 了，因 为

^{wǒ yǐ jing zài shàng mian huà guo tú huà le} ^{rán hòu zhuǎn}
我 已 经 在 上 面 画 过 图 画 了！"然 后 转

^{xiàng Xiǎo tóu bà ba} ^{Xiǎo tóu bà ba} ^{nǐ tóng yì ma}
向 小 头 爸 爸，"小 头 爸 爸，你 同 意 吗？"

^{zhè shí hou dà jiā dōu zài shuō} ^{zhè hái zi zhēn dà}
这 时 候 大 家 都 在 说："这 孩 子 真 大

^{fang} ^{Xiǎo tóu bà ba yě zhǐ hǎo diǎn dian tóu}
方！"小 头 爸 爸 也 只 好 点 点 头。

^{tái jiē shang de shū bù yí huì er jiù mài wán le}
台 阶 上 的 书 不 一 会 儿 就 "卖" 完 了，

^{Dà tóu ér zi shuǎi zhe shǒu shuō} ^{āi yō} ^{shǒu huà de suān}
大 头 儿 子 甩 着 手 说："哎 哟，手 画 得 酸

^{sǐ le}
死 了！"

Xiǎo tóu bà ba gěi tā róu rou shǒu shuō　　méi guān
小头爸爸给他揉揉手说："没关

xi　guò yí huì er jiù hǎo le
系，过一会儿就好了。"

tā men zǒu zài huí jiā de lù shang　Xiǎo tóu bà ba
他们走在回家的路上，小头爸爸

shuō　　nǐ yǐ hòu yīng gāi tiān tiān biān ér gē　jiāng lái jiù
说："你以后应该天天编儿歌，将来就

kě yǐ zì jǐ chū yì běn shū
可以自己出一本书。"

Dà tóu ér zi wèn　　zhēn de ma
大头儿子问："真的吗？"

yì tiān　Xiǎo tóu bà ba dài zhe Dà tóu ér zi zǒu zài
一天，小头爸爸带着大头儿子走在

xiǎo hé biān　Xiǎo tóu bà ba duì Dà tóu ér zi shuō　　kuài
小河边。小头爸爸对大头儿子说："快，

kàn zhe dà lún chuán biān yì shǒu ér gē
看着大轮船编一首儿歌。"

Dà tóu ér zi xiǎng le xiǎng　niàn
大头儿子想了想，念：

dà lún chuán kāi guo lai
大轮船开过来

tū tū tū tū jiào
突突突突叫

dà lún chuán
大 轮 船

qīng yì diǎn
轻 一 点

nǐ kàn xiǎo chuán zài shuì jiào
你 看 小 船 在 睡 觉

Xiǎo tóu bà ba tīng le lián qiāo dà mǔ zhǐ　　rán hòu jiù
小 头 爸 爸 听 了 连 跷 大 拇 指 , 然 后 就

zài yǐ jing zhǔn bèi hǎo de běn zi shang jì xia lai
在 已 经 准 备 好 的 本 子 上 记 下 来。

yì tiān wǎn shang　　Dà tóu ér zi hé Xiǎo tóu bà ba
一 天 晚 上 , 大 头 儿 子 和 小 头 爸 爸

zhàn zài yáng tái shang　　Xiǎo tóu bà ba zhǐ zhe yún duì Dà tóu
站 在 阳 台 上。 小 头 爸 爸 指 着 云 对 大 头

ér zi shuō　　kuài　　kàn zhe yún biān yì shǒu ér gē
儿 子 说 :" 快 , 看 着 云 编 一 首 儿 歌。"

Dà tóu ér zi zhòu zhou méi tóu　　xiǎng le yí xià
大 头 儿 子 皱 皱 眉 头 , 想 了 一 下 ,

niàn
念 :

yún er chuán
云 儿 船

tiān shàng kāi
天 上 开

xiǎo xīng xing ya
小 星 星 呀

zuò shang lai
坐 上 来

Xiǎo tóu bà ba jīng yà de hǎo xiàng kàn jian de bú shì Dà
小头爸爸惊讶得好 像 看见的不是大

tóu ér zi   zhēn bàng   mǎ shàng shuā shuā yòu jì zài běn
头儿子:"真 棒!"马上 刷 刷 又记在本

zi shang   Dà tóu ér zi chèn tā dī tóu jì de shí hou gǎn kuài
子 上 。大头儿子趁他低头记的时候赶快

táo zǒu
逃走。

chī fàn le   Wéi qún mā ma gāng duān shang lai yì wǎn
吃饭了, 围裙妈妈刚 端 上 来一碗

xiā Xiǎo tóu bà ba jiù yì bǎ tuō guo Dà tóu ér zi zhǐ zhe xiā
虾,小头爸爸就一把拖过大头儿子指着虾

shuō   kuài biān yì shǒu
说:"快 ,编一首 。"

Dà tóu ér zi niǔ zhe shēn tǐ shuō   fán sǐ le   fán
大头儿子扭着身体说:"烦死了,烦

sǐ le   wǒ bù biān le
死了,我不编了!"

Xiǎo tóu bà ba bù sōng shǒu shuō   nǐ biān le   bà
小头爸爸不松手,说:"你编了,爸

爸给你再买一个变形金刚。"

大头儿子不动，也不吭声，过一会

念道：

大红虾

卷身体

真像象鼻子

小头爸爸赶紧又记下来。

傍晚，大头儿子一个人在野地里

逛。他一会儿对着树说："我再也不回家

了！"一会儿对着草说："我再也不编儿歌

了！"……

忽然黑暗中有个东西滚过来，啊，

shì yì zhī qiú　　Dà tóu ér zi gāo xìng de tī le yì jiǎo　kě
是一只球！大头儿子高兴地踢了一脚，可

qiú gǔn jìn hēi àn zhōng　bù yí huì yòu gǔn hui lai le
球滚进黑暗中，不一会又滚回来了。

　　děng Dà tóu ér zi zài tái qi jiǎo zhǔn bèi tī de shí
　等大头儿子再抬起脚准备踢的时

hou　hū rán cóng tā de shēn hòu shēn guo lai yì shuāng dà
候，忽然从他的身后伸过来一双大

shǒu　bǎ Dà tóu ér zi jǐn jǐn de bào zhù le　zǒu wǒ
手，把大头儿子紧紧地抱住了："走，我

men huí jiā wán qì chē chéng
们回家玩汽车城。"

　　shì Xiǎo tóu bà ba
　是小头爸爸！

　Dà tóu ér zi jí máng zhuǎn shēn wèn　nǐ bú zài jiào
大头儿子急忙转身问："你不再叫

wǒ biān ér gē le
我编儿歌了？"

　　Xiǎo tóu bà ba yán sù de diǎn dian tóu　rú guǒ nǐ bù
　小头爸爸严肃地点点头："如果你不

xiǎng biān　wǒ jué bù bī nǐ
想编，我决不逼你。"

　　ò　　Dà tóu ér zi kāi xīn de tiào qi lai　bǎ qiú
　"哦！"大头儿子开心得跳起来，把球

tī dào le dà shù shang　dà shù yòu bǎ qiú tán huí lai　zhèng
踢到了大树上，大树又把球弹回来，正

hǎo luò zài Xiǎo tóu bà ba de xiǎo tóu shang　Xiǎo tóu bà ba zài
好落在小头爸爸的小头上。小头爸爸再

yòng xiǎo tóu bǎ qiú dǐng chu qu　qiú zhèng hǎo yòu luò zài Dà
用小头把球顶出去，球正好又落在大

tóu ér zi de dà tóu shang　　tā men fàng shēng dà xiào
头儿子的大头上……他们放声大笑

zhe　yīn wei tā men hěn jiǔ méi you zhè yàng wán guo le
着，因为他们很久没有这样玩过了！

mó shù mào

魔术帽

Dà tóu ér zi hé Xiǎo tóu bà ba zài yì qǐ kàn mó shù
大头儿子和小头爸爸在一起看魔术

biǎo yǎn zhǐ jiàn chuān zhe hēi xī zhuāng de mó shù shī zhèng
表演。只见穿着黑西装的魔术师正

cóng zhǐ lù chu xiǎo bàn gè shēn tǐ de lìng yí gè rén de
从只露出小半个身体的另一个"人"的

xiù guǎn nèi　　bù tíng de lā chu yì cháng chuàn jì zài yì qǐ
袖管内，不停地拉出一长串系在一起

de shǒu pà
的手帕。

　　Dà tóu ér zi qiāo qiāo zhàn qi lai　　lí kāi Xiǎo tóu bà
大头儿子悄悄站起来，离开小头爸

ba　　gōng zhe yāo cóng zuò wèi xí li tuì chu　rán hòu cóng dì
爸，躬着腰从座位席里退出，然后从地

shang pá zhe zuān jìn wǔ tái páng de yí shàn biān mén
上爬着钻进舞台旁的一扇边门。

　　mó shù shī suí zhe yīn yuè réng zài dé yì de lā zhe shǒu
魔术师随着音乐仍在得意地拉着手

pà
帕。

　　Dà tóu ér zi　yì zuān jìn biān mén jiù zhàn qi lai cháo
大头儿子一钻进边门就站起来朝

wǔ tái shàng mian kàn　　tā yí xià fā xiàn nà shì yí gè dào
舞台上面看。他一下发现那是一个稻

cǎo rén shì de jiǎ rén　ér zài jiǎ rén biān shang　yě jiù shì
草人似的假人，而在假人边上，也就是

wǔ tái lǐ miàn　jì zài yì qǐ de shǒu pà xiàng shéng zi
舞台里面，系在一起的手帕像绳子

yí yàng rào zhe　duī zài dì shang　　tā men cóng jiǎ rén de
一样绕着，堆在地上。它们从假人的

zhè ge xiù guǎn jìn rù nà ge xiù guǎn　　zài bèi mó shù shī
这个袖管进入那个袖管，再被魔术师

lā chu qu
拉出去。

　　yuán lái shì zhè yàng
　　原来是这样！

　　Dà tóu ér zi tōu tōu yí xiào　　jiù qiāo qiāo pǎo guo qu
　　大头儿子偷偷一笑，就悄悄跑过去

jiǎn qi dì shang de shǒu pà　　mó shù shī lā zhe lā zhe　yí
捡起地上的手帕。魔术师拉着拉着，一

xià lā bu dòng le　　jí de　āi　āi luàn jiào　jié guǒ tā
下拉不动了，急得"哎！哎"乱叫。结果他

yòng lì guò měng　bǎ jì zài yì qǐ de shǒu pà lā duàn le
用力过猛，把系在一起的手帕拉断了，

zì jǐ　dōng　de yì shēng yǎng miàn shuāi zài dì shang
自己"咚"的一声仰面摔在地上。

guān zhòng dà xiào　mù bù jǐn jí hé lǒng
观众大笑，幕布紧急合拢。

　　Xiǎo tóu bà ba lè de zhí huàng xiǎo tóu　tā huàng
　　小头爸爸乐得直晃小头。他晃

zhe huàng zhe　hū rán fā xiàn Dà tóu ér zi bú jiàn le　jí
着晃着，忽然发现大头儿子不见了，急

de zhàn qi lai sì chù zhāng wàng　　Dà tóu ér zi　　Dà
得站起来四处张望："大头儿子！大

tóu ér zi
头 儿 子！"

hòu mian de guān zhòng zhí jiào　　zuò xia lai　　zuò xia
后 面 的 观 众 直 叫："坐 下 来！坐 下

lai
来！"

Xiǎo tóu bà ba zhǐ néng wān xia yāo cóng zuò wèi xí li
小 头 爸 爸 只 能 弯 下 腰 从 座 位 席 里

chū lai　　dào le guò dào　　tā kàn kan shēn hòu méi you guān
出 来， 到 了 过 道。 他 看 看 身 后 没 有 观

zhòng　zhè cái tǐng zhí shēn tǐ　　yì biān huī zhe shǒu　　yì biān
众， 这 才 挺 直 身 体，一 边 挥 着 手，一 边

dōng zhāng xī wàng de hǎn　　Dà tóu ér zi　　Dà tóu ér
东 张 西 望 地 喊："大 头 儿 子！大 头 儿

zi
子！"

zhè shí mù bù yòu lā kai le　　mó shù shī zhàn zài yì
这 时 幕 布 又 拉 开 了， 魔 术 师 站 在 一

zhī dà chú páng biān shuō　　xiàn zài wǒ men xū yào yí wèi
只 大 橱 旁 边 说："现 在 我 们 需 要 一 位

guān zhòng shàng tái lái pèi hé yí xià　　zhèng shuō zhe
观 众 上 台 来 配 合 一 下……" 正 说 着，

tā kàn jian Xiǎo tóu bà ba jǔ zhe yì zhī shǒu chòng wǔ tái zǒu
他 看 见 小 头 爸 爸 举 着 一 只 手 冲 舞 台 走

来，便指着他说，"很好，这位先生已
经主动走上台来了。"两个助手连忙
走下台迎接小头爸爸。

小头爸爸还以为他们知道大头儿子
在哪儿，赶紧跟着他们走，一直走到台
上。

魔术师笑眯眯地对观众说："我现
在要把这位观众藏进橱里……"

可小头爸爸因为找儿子心急，把魔
术师的话给听错了，说："橱里？你说大
头儿子在橱里？"说着他走到大橱前，在
橱门上仔仔细细找把手，结果什么也

méi you　Xiǎo tóu bà ba yì zháo jí　jiù yòng xiǎo tóu yì
没有。小头爸爸一着急，就用小头一

dǐng　hā　mén kāi le　Xiǎo tóu bà ba gǎn jǐn zǒu jin qu
顶，哈！门开了，小头爸爸赶紧走进去。

　　mó shù shī jì xù shuō　zhè wèi xiān sheng hěn pèi
　　魔术师继续说："这位先生很配

hé　tā yǐ jing zǒu jìn chú li　qǐng dà jiā kàn hǎo　zài guò
合，他已经走进橱里。请大家看好，再过

sān fēn zhōng tā jiāng xiāo shī
三分钟他将消失……"

　　Xiǎo tóu bà ba zǒu jìn chú li　dī tóu yí kàn　fā xiàn
　　小头爸爸走进橱里，低头一看，发现

dì shang yǒu gè dòng　dòng xià mian yǒu gè tī zi　tā biàn
地上有个洞，洞下面有个梯子。他便

yán zhe tī zi zǒu xia qu　zǒu dào dǐ　tóu hé chú dǐ gāng hǎo
沿着梯子走下去，走到底，头和橱底刚好

yí yàng píng　hū rán "huá" yì shēng　dòng kǒu gěi fēng zhù
一样平。忽然"哗"一声，洞口给封住

le　Xiǎo tóu bà ba jí de yòng shuāng quán zhí qiāo tóu dǐng
了，小头爸爸急得用双拳直敲头顶

shang de bǎn　āi　kāi mén ya　bié bǎ wǒ guān zài zhè li
上的板："哎！开门呀！别把我关在这里

ya　wǒ hái yào zhǎo wǒ de Dà tóu ér zi ne
呀！我还要找我的大头儿子呢！"

魔术师在台上继续说:"好,三分钟已到,请打开橱门。"助手打开橱门,里面果然没人,观众惊奇得热烈鼓掌。魔术师摆摆手让大家安静,然后说:"当然,再过两分钟,我还会把他变出来的……"

小头爸爸敲不开头顶上的板,只好拐个弯继续往下走。那下面好像是个暗道,七拐八拐的,小头爸爸的小头东撞一下,西撞一下,最后终于走到一个亮处,那是地下室的出口。

不料小头爸爸刚走出去,大头儿子

探头探脑地走进来:"咦,这是什么地方呀?让我进去看看!"大头儿子说着好奇地走进去了,顺着小头爸爸刚才走出来的通道,大头也是东撞一下,西撞一下,好容易才走到梯子那儿,拐个弯上去了。

魔术师在台上继续说:"啊,两分钟已到,这最最激动人心的时刻就要到了,五、四、三、二、一,开门!"门打开了。魔术师的目光一下落了个空,再往下,才看见了大头儿子……他吃惊得嘴巴张开着,好像再也合不拢了。

guān zhòng men kě shì fēng le   tā men yì biān quán
观 众 们 可 是 疯 了 ， 他 们 一 边 全

zhàn qi lai cháo wǔ tái shang yōng   yì biān lián lián shuō
站 起 来 朝 舞 台 上 拥 ， 一 边 连 连 说 ：

zhēn shén le   bǎ dà rén biàn chéng le xiǎo hái   tài qí
"真 神 了 ， 把 大 人 变 成 了 小 孩 ！" "太 奇

miào le   bǎ xiǎo tóu biàn chéng le dà tóu   guān
妙 了 ， 把 小 头 变 成 了 大 头 ！" …… 观

zhòng men chōng shang wǔ tái   bǎ mó shù shī tái qi lai wǎng
众 们 冲 上 舞 台 ， 把 魔 术 师 抬 起 来 往

kōng zhōng pāo   dà jiào   zài biǎo yǎn yí gè   zài biǎo yǎn
空 中 抛 ， 大 叫 ："再 表 演 一 个 ！ 再 表 演

yí gè
一 个 ！"

Dà tóu ér zi bèi rè liè de guān zhòng xià kū le   tā
大 头 儿 子 被 热 烈 的 观 众 吓 哭 了 ， 他

yì biān jiào   Xiǎo tóu bà ba   Xiǎo tóu bà ba   yì biān duǒ
一 边 叫 ："小 头 爸 爸 ！ 小 头 爸 爸 ！"一 边 躲

kai wéi shang lai de rén
开 围 上 来 的 人 。

Xiǎo tóu bà ba   qī rào bā rào   zhōng yú yòu zǒu jìn jù
小 头 爸 爸 七 绕 八 绕 ， 终 于 又 走 进 剧

chǎng   tā yì yǎn kàn jian le wǔ tái shang de Dà tóu ér zi
场 。 他 一 眼 看 见 了 舞 台 上 的 大 头 儿 子 ，

连忙奔过去。大头儿子看见了小头爸爸，乐了，赶紧擦掉眼泪，紧紧抱住小头爸爸。

小头爸爸搀着大头儿子走下台，说："他们乱哄哄的，干吗呀？来，我们正好去找个好座位。"他们走到第一排，舒舒服服地在最中间的两张椅子上坐下来。

幕布合拢了，观众们这才陆陆续续地回到座位上坐好。

下半场演出开始了。上台来的魔术师是穿白西装的，他说："我现在

要表演的是一顶魔术帽。"说着，他从

助手那里接过一顶彩条小丑帽继续

说，"这是一顶听话的帽子，我叫它变

大，它就变大；我叫它变小，它就变小。

变大正好给大人戴，变小正好给小人

戴。好，现在我们挑选一对父子上台来

配合演出。"

魔术师说到这儿，一眼看见台前第

一排当中位置上的大头儿子和小头

爸爸，便高兴地走到舞台边沿，弯下腰

冲他们做出一个"请"的姿势。大头小

头对望一眼就上去了。

魔术师这时旋转手中的帽子，嘴里念念有词："变大、变大、变大……"旋转中的帽子真的一点点大起来，魔术师刚要把帽子戴到小头爸爸头上，忽然愣一下，再戴到大头儿子的大头上。观众热烈鼓掌。

魔术师又旋转帽子，嘴里念念有词："变小、变小、变小……"旋转中的帽子真的一点点小起来，魔术师刚要把帽子戴到大头儿子的头上，忽然愣一下，再戴到小头爸爸的小头上……

这时，台下有一位观众站起来大

声 说："魔术师先 生 ， 刚才那位魔术
师会把大人变 成 小孩，请问你能不能
把这个小孩的大头变小， 把大人的小头
变大，这样我们就佩服你了！"

大头儿子和小头爸爸一听， 先是紧
张 得抱住各自的脑袋，然后一起喊："不
——"紧接着就从舞台 上 跳下来，飞奔
出剧场 。观 众 们先是愣了愣，紧接着
就有人叫："快追！别让他们跑了！"

大头儿子和小头爸爸抱着脑袋在前
面跑；成群的观 众在后面追。他们
跑着跑着， 看见前面商店门口放着

dà xiǎo liǎng jiàn qián shuǐ fú yàng pǐn   jiù gǎn jǐn zuān jin qu
大小两件潜水服样品，就赶紧钻进去，

hǎo xiàng mó tè er zhàn zài qián shuǐ fú zhōng   děng zhuī gǎn
好像模特儿站在潜水服中。等追赶

de guān zhòng cóng qián shuǐ fú qián pǎo guo qu le   tā men
的观众从潜水服前跑过去了，他们

cái chū lai cháo huí jiā de fāng xiàng pǎo
才出来朝回家的方向跑。

yuǎn yuǎn de   tā men jiā de xiǎo wū zhèng liàng zhe
远远地，他们家的小屋正亮着

dēng guāng
灯光。

Dà tóu ér zi yòng lì qiāo mén   Wéi qún mā ma   Wéi
大头儿子用力敲门："围裙妈妈！围

qún mā ma   kuài kāi mén   mén dǎ kāi le   kě kāi mén
裙妈妈！快开门！"门打开了，可开门

de bú shì Wéi qún mā ma   ér shì chuān bái xī zhuāng de
的不是围裙妈妈，而是穿白西装的

mó shù shī
魔术师。

jiù mìng a   Dà tóu ér zi hé Xiǎo tóu bà ba dà
"救命啊！"大头儿子和小头爸爸大

jiào zhe zhí chōng jìn wò shì   chà diǎn zhuàng dǎo mó shù shī
叫着直冲进卧室，差点撞倒魔术师。

Wéi qún mā ma hěn qí guài shuō zhè shì zěn me
围裙妈妈很奇怪，说："这是怎么

la nán dào nǐ men bù huān yíng mó shù shī ma
啦？难道你们不欢迎魔术师吗？"

Dà tóu ér zi hé Xiǎo tóu bà ba cóng wò shì li chū lai
大头儿子和小头爸爸从卧室里出来

le zhǐ jiàn tā men de nǎo dai dōu cáng jìn le zhěn tou tào
了。只见他们的脑袋都藏进了枕头套

li zhěn tou tào yì zhí tào dào jiān bǎng shang
里，枕头套一直套到肩膀上。

mó shù shī shuō bié hài pà wǒ shì zhuān mén lái
魔术师说："别害怕，我是专门来

gěi nǐ men sòng mó shù mào de shuō zhe tā ná chu gāng cái
给你们送魔术帽的。"说着他拿出刚才

biǎo yǎn shí shǐ yòng de mào zi yīn wei nǐ men shì yí duì
表演时使用的帽子，"因为你们是一对

fēi cháng qí tè de fù zǐ
非常奇特的父子！"

mó shù shī zǒu le Xiǎo tóu bà ba hé Dà tóu ér zi
魔术师走了，小头爸爸和大头儿子

dǐng zhe mó shù mào wèi Wéi qún mā ma biǎo yǎn qi lai Wéi qún
顶着魔术帽为围裙妈妈表演起来。围裙

mā ma zuò zài shā fā shang zuǒ bian yì zhī māo yòu bian yì
妈妈坐在沙发上，左边一只猫，右边一

<ruby>只<rt>zhī</rt></ruby><ruby>狗<rt>gǒu</rt></ruby>。<ruby>猫<rt>māo</rt></ruby><ruby>旁<rt>páng</rt></ruby><ruby>边<rt>biān</rt></ruby><ruby>是<rt>shì</rt></ruby><ruby>布<rt>bù</rt></ruby><ruby>熊<rt>xióng</rt></ruby>、<ruby>绒<rt>róng</rt></ruby><ruby>象<rt>xiàng</rt></ruby>，<ruby>狗<rt>gǒu</rt></ruby><ruby>旁<rt>páng</rt></ruby><ruby>边<rt>biān</rt></ruby>
<ruby>是<rt>shì</rt></ruby><ruby>奥<rt>Ào</rt></ruby><ruby>特<rt>tè</rt></ruby><ruby>曼<rt>màn</rt></ruby>、<ruby>机<rt>jī</rt></ruby><ruby>器<rt>qì</rt></ruby><ruby>人<rt>rén</rt></ruby>。<ruby>它<rt>tā</rt></ruby><ruby>们<rt>men</rt></ruby><ruby>就<rt>jiù</rt></ruby><ruby>像<rt>xiàng</rt></ruby><ruby>剧<rt>jù</rt></ruby><ruby>场<rt>chǎng</rt></ruby><ruby>里<rt>li</rt></ruby><ruby>的<rt>de</rt></ruby>
<ruby>观<rt>guān</rt></ruby><ruby>众<rt>zhòng</rt></ruby><ruby>一<rt>yí</rt></ruby><ruby>样<rt>yàng</rt></ruby>。

hǎo rén hǎi dào chuán
好人海盗船

tiān qì hǎo qǐ lai le   dào hǎi biān qù yóu yǒng de rén yí
天气好起来了,到海边去游泳的人一
xià zi tè bié duō   Dà tóu ér zi hé Xiǎo tóu bà ba hái méi
下子特别多, 大头儿子和小头爸爸还没
you pǎo dào hǎi biān ne   jiù kàn jian shā tān shang hé hǎi li yóu
有跑到海边呢,就看见沙滩上和海里游

yǒng de rén duō de lián chéng yí dà piàn yí dà piàn
泳 的 人 多 得 连 成 一 大 片 、一 大 片 。

zǒu dào bié chù qù kàn kan Xiǎo tóu bà ba dài zhe
"走，到 别 处 去 看 看。"小 头 爸 爸 带 着

Dà tóu ér zi cháo rén shǎo de dì fang zǒu qu
大 头 儿 子 朝 人 少 的 地 方 走 去。

tā men zǒu dào yí gè xiǎo xiǎo de hǎi wān nà er méi
他 们 走 到 一 个 小 小 的 海 湾，那 儿 没

rén yóu yǒng yě méi rén shài tài yáng yīn wei nà er de shā
人 游 泳，也 没 人 晒 太 阳，因 为 那 儿 的 沙

tān shang quán shì xiǎo shí zǐ hé suì bèi ké hái héng qī shù
滩 上 全 是 小 石 子 和 碎 贝 壳，还 横 七 竖

bā bǎi fàng zhe hǎo xiē xiǎo mù chuán yǒu de chuán kǒu cháo
八 摆 放 着 好 些 小 木 船，有 的 船 口 朝

tiān hǎo xiàng zài shài dù zi yǒu de chuán kǒu cháo dì hǎo
天，好 像 在 晒 肚 子；有 的 船 口 朝 地，好

xiàng zài shài pì gu
像 在 晒 屁 股。

hēi wǒ men lái huá chuán Dà tóu ér zi zhí bèn
"嘿！我 们 来 划 船！"大 头 儿 子 直 奔

lí de zuì jìn de nà tiáo shài dù zi de xiǎo mù chuán
离 得 最 近 的 那 条 晒 肚 子 的 小 木 船。

huá chuán yǒu shén me yì si wǒ men jiā duì miàn de
"划 船 有 什 么 意 思？我 们 家 对 面 的

gōng yuán li jiù yǒu huá de　　Xiǎo tóu bà ba méi you xìng
公 园 里 就 有 划 的 。" 小 头 爸 爸 没 有 兴

qù
趣 。

　　　　nà　　　　wǒ men lái zào hǎi dào chuán　　Dà tóu ér
"那 …… 我 们 来 造 海 盗 船 ？" 大 头 儿

zi zháo jí de wèn
子 着 急 地 问 。

　　　zhǐ jiàn Xiǎo tóu bà ba dùn shí yǎn jing fā liàng　tā cháo
只 见 小 头 爸 爸 顿 时 眼 睛 发 亮 ， 他 朝

sì chù kàn kan　　mù guāng luò zài jǐ bǎ kāi liè de jiǎng shang
四 处 看 看 ， 目 光 落 在 几 把 开 裂 的 桨 上

hé yì gēn duàn kāi de wéi gān shang　　xíng　　tā huí dá
和 一 根 断 开 的 桅 杆 上 。"行 ！"他 回 答 。

　　　ō　　　Dà tóu ér zi kāi xīn de hǎo xiàng yào yòng dà
"噢 ！"大 头 儿 子 开 心 得 好 像 要 用 大

tóu qù zhuàng xiǎo mù chuán le
头 去 撞 小 木 船 了 。

　　　Xiǎo tóu bà ba kāi shǐ xià mìng lìng
小 头 爸 爸 开 始 下 命 令 。

　　　bǎ suǒ yǒu de jiǎng dōu bān dào lí hǎi shuǐ zuì jìn de
"把 所 有 的 桨 都 搬 到 离 海 水 最 近 的

nà tiáo xiǎo mù chuán shang
那 条 小 木 船 上 ！"

qù jiǎn yì xiē bié ren diū xia de hēi tàn
"去捡一些别人丢下的黑炭!"

bǎ nà gēn duàn kāi de wéi gān yě káng guo lai
"把那根断开的桅杆也扛过来!"

……

Dà tóu ér zi kuài huo de pǎo lai pǎo qu zhí dào bà
大头儿子快活地跑来跑去,直到爸

ba ràng tā bǎ shēn shang zhǎn xīn de bái hàn shān tuō xia lai
爸让他把身上崭新的白汗衫脱下来,

tā cái yóu yù de shuō Wéi qún mā ma yào mà de
他才犹豫地说:"围裙妈妈要骂的!"

wǒ men děi zuò yí miàn hǎi dào qí a bù rán néng
"我们得做一面海盗旗啊!不然能

suàn hǎi dào chuán ma Xiǎo tóu bà ba tiǎo qi méi mao shuō
算海盗船吗?"小头爸爸挑起眉毛说,

rán hòu zhǐ zhe zì jǐ shēn shang de hàn shān wǒ de shì
然后指着自己身上的汗衫,"我的是

shēn yán sè hēi tàn huà shang qu kàn bu chū lái
深颜色,黑炭画上去看不出来。"

dāng Xiǎo tóu bà ba bǎ huà zhe kū lóu de bái hàn shān
当小头爸爸把画着骷髅的白汗衫

shēng dào wéi gān shang de shí hou Dà tóu ér zi lè le
升到桅杆上的时候,大头儿子乐了:

"哇！真棒！像真的海盗船一样！"

然后小头爸爸也脱下自己的汗衫，往里面装满了小石子和碎贝壳，然后扯下一根鞋带一扎，看上去就像一大袋盗来的金币，小头爸爸把"金币"放在小船的那一头。然后他又扯下一根鞋带，把所有的桨绑在一起，斜放在小船的这一头，哇！看上去就像一门大炮。

"小头爸爸，可我们俩看上去一点也不像海盗呀！"大头儿子又兴奋，又着急地说。

小头爸爸一声不吭地就用黑炭

往自己身上涂，大头儿子赶紧照着

做。不一会儿，海盗船上真的有了两

个黑乎乎的大海盗。

他们最后一起将海盗船推进海里，

然后就坐上去朝原先那个聚满游客

的海滩划去。不料他们还没有靠近，那些

人就大呼小叫地四处奔跑，嘴里叫着：

"快报告警察！来了一条可怕的海盗

船！"

不能让客人都跑了！"我们是好人

海盗船！"大头儿子和小头爸爸急忙大

喊起来。什么？好人海盗船？游客们总
算停止奔跑，然后慢慢回过头去——呼
啦！他们一下拥向好人海盗船，好奇
地看着、摸着……

这一天的海滩，游泳和晒太阳的人
一下子变少了，大家排起了长队，都想
乘一乘大头儿子和小头爸爸自制的好
人海盗船。

<ruby>小<rt>xiǎo</rt></ruby><ruby>巴<rt>bā</rt></ruby><ruby>豆<rt>dòu</rt></ruby><ruby>豆<rt>dòu</rt></ruby><ruby>真<rt>zhēn</rt></ruby><ruby>开<rt>kāi</rt></ruby><ruby>心<rt>xīn</rt></ruby>

<ruby>奶<rt>nǎi</rt></ruby><ruby>牛<rt>niú</rt></ruby><ruby>场<rt>chǎng</rt></ruby><ruby>里<rt>li</rt></ruby><ruby>有<rt>yǒu</rt></ruby><ruby>一<rt>yì</rt></ruby><ruby>头<rt>tóu</rt></ruby><ruby>特<rt>tè</rt></ruby><ruby>别<rt>bié</rt></ruby><ruby>小<rt>xiǎo</rt></ruby><ruby>的<rt>de</rt></ruby><ruby>奶<rt>nǎi</rt></ruby><ruby>牛<rt>niú</rt></ruby>，<ruby>是<rt>shì</rt></ruby><ruby>大<rt>Dà</rt></ruby><ruby>头<rt>tóu</rt></ruby><ruby>儿<rt>ér</rt></ruby><ruby>子<rt>zi</rt></ruby><ruby>最<rt>zuì</rt></ruby><ruby>最<rt>zuì</rt></ruby><ruby>喜<rt>xǐ</rt></ruby><ruby>欢<rt>huan</rt></ruby><ruby>的<rt>de</rt></ruby><ruby>奶<rt>nǎi</rt></ruby><ruby>牛<rt>niú</rt></ruby>，<ruby>它<rt>tā</rt></ruby><ruby>总<rt>zǒng</rt></ruby><ruby>是<rt>shì</rt></ruby><ruby>靠<rt>kào</rt></ruby><ruby>在<rt>zài</rt></ruby><ruby>妈<rt>mā</rt></ruby><ruby>妈<rt>ma</rt></ruby><ruby>的<rt>de</rt></ruby><ruby>身<rt>shēn</rt></ruby><ruby>边<rt>biān</rt></ruby>，<ruby>很<rt>hěn</rt></ruby><ruby>小<rt>xiǎo</rt></ruby><ruby>声<rt>shēng</rt></ruby><ruby>地<rt>de</rt></ruby>"<ruby>哞<rt>mōu</rt></ruby><ruby>哞<rt>mōu</rt></ruby>"<ruby>叫<rt>jiào</rt></ruby>，<ruby>就<rt>jiù</rt></ruby><ruby>像<rt>xiàng</rt></ruby><ruby>那<rt>nà</rt></ruby><ruby>些<rt>xiē</rt></ruby><ruby>依<rt>yī</rt></ruby><ruby>在<rt>zài</rt></ruby><ruby>妈<rt>mā</rt></ruby><ruby>妈<rt>ma</rt></ruby><ruby>怀<rt>huái</rt></ruby><ruby>里<rt>li</rt></ruby><ruby>发<rt>fā</rt></ruby><ruby>嗲<rt>diǎ</rt></ruby><ruby>的<rt>de</rt></ruby><ruby>小<rt>xiǎo</rt></ruby><ruby>姑<rt>gū</rt></ruby><ruby>娘<rt>niang</rt></ruby><ruby>一<rt>yí</rt></ruby><ruby>样<rt>yàng</rt></ruby>。<ruby>大<rt>Dà</rt></ruby><ruby>头<rt>tóu</rt></ruby><ruby>儿<rt>ér</rt></ruby><ruby>子<rt>zi</rt></ruby><ruby>因<rt>yīn</rt></ruby><ruby>为<rt>wei</rt></ruby><ruby>喜<rt>xǐ</rt></ruby><ruby>欢<rt>huan</rt></ruby><ruby>它<rt>tā</rt></ruby>，<ruby>还<rt>hái</rt></ruby><ruby>给<rt>gěi</rt></ruby><ruby>它<rt>tā</rt></ruby><ruby>起<rt>qǐ</rt></ruby><ruby>过<rt>guo</rt></ruby><ruby>一<rt>yí</rt></ruby>

gè míng zi jiào xiǎo bā dòu dòu
个名字，叫"小巴豆豆"。

yì tiān Dà tóu ér zi xiàng sì yǎng yuán shū shu tí
一天，大头儿子向饲养员叔叔提

chū lai wǒ xiǎng dài xiǎo bā dòu dòu chū qu wán wan
出来："我想带小巴豆豆出去玩玩。"

sì yǎng yuán shū shu shuō hǎo a bú guò nǐ yào
饲养员叔叔说："好啊，不过你要

zài guī dìng de shí jiān li huí lai
在规定的时间里回来。"

Dà tóu ér zi qiān zhe xiǎo nǎi niú xiān dào yí gè xiǎo shù
大头儿子牵着小奶牛先到一个小树

lín li qù zǒu yi zǒu yīn wei nà er kāi zhe hěn duō yě huā
林里去走一走，因为那儿开着很多野花，

yǒu jú huáng sè de hái yǒu bái sè de hé zài yì qǐ jiù
有橘黄色的，还有白色的，合在一起就

xiàng nǎi niú huā Dà tóu ér zi xīn xiǎng xiǎo bā dòu dòu yí
像奶牛花，大头儿子心想小巴豆豆一

dìng huì xǐ huan zhè er de huā kě xiǎo bā dòu dòu zhǐ shì dī
定会喜欢这儿的花。可小巴豆豆只是低

tóu wén le wén jiù zǒu kai le dà gài tā yì kāi shǐ yǐ wéi
头闻了闻，就走开了，大概它一开始以为

zhè shì lìng yì zhǒng hěn hǎo chī de cǎo li
这是另一种很好吃的草哩。

Dà tóu ér zi yòu bǎ xiǎo nǎi niú dài dào yí gè fèi qì
大头儿子又把小奶牛带到一个废弃

de huǒ chē tóu páng   zhè shì huǒ chē tóu   kàn   shàng mian
的火车头旁："这是火车头，看，上面

hái yǒu cāo zòng pán ne   tā shuō zhe jiù shú liàn de pá shang
还有操纵盘呢！"他说着就熟练地爬上

qu le   kě děng tā zuò hǎo zhuǎn guò tóu lái shí   què kàn jian
去了。可等他坐好转过头来时，却看见

xiǎo nǎi niú cháo bié de dì fang zǒu qu le
小奶牛朝别的地方走去了……

bié   xiǎo bā dòu dòu   nǐ děng yi děng   Dà
"别……小巴豆豆，你等一等！"大

tóu ér zi tiào xià huǒ chē tóu qù zhuī   hái hǎo zhuī shang le
头儿子跳下火车头去追，还好追上了。

xiǎo nǎi niú zhè er yě bù xǐ huan wán   nà er yě bù
小奶牛这儿也不喜欢玩，那儿也不

xǐ huan wán   Dà tóu ér zi xiǎng le yí xià   jué dìng zài dài
喜欢玩，大头儿子想了一下，决定再带

xiǎo nǎi niú dào fù jìn de yì jiā yòu ér yuán li   qù wán yi
小奶牛到附近的一家幼儿园里，去玩一

wán shì shi kàn
玩试试看。

yòu ér yuán de xiǎo péng yǒu zhèng zài cāo chǎng shang
幼儿园的小朋友正在操场上

zì yóu huó dong　　tā men kàn jian xiǎo nǎi niú dōu fēi bēn guo
自由活动，他们看见小奶牛都飞奔过

lai　　āi yā　xiǎo xiǎo nǎi niú　zhēn hǎo wán　　ràng wǒ mō
来："哎呀，小小奶牛，真好玩！让我摸

mo tā de máo　　rán hòu tā men hái yì qǐ niàn qǐ ér gē lai
摸它的毛！"然后他们还一起念起儿歌来

nǎi niú mā ma　mǎn shēn huā huā　jǐ chū niú nǎi　fēn
——"奶牛妈妈，满身花花，挤出牛奶，分

gěi dà jiā　　xiǎo nǎi niú jiàn yǒu zhè me duō xiǎo péng yǒu wéi
给大家。"小奶牛见有这么多小朋友围

zhù tā　gāo xìng de tái qǐ tóu lai　mōu mōu　zhí jiào
住它，高兴得抬起头来"哞哞"直叫。

hē　yuán lái　nǐ men zhī dao niú nǎi shì cóng nǎ li
"呵，原来你们知道牛奶是从哪里

lái de　　Dà tóu ér zi yǒu xiē shī wàng
来的！"大头儿子有些失望。

xiǎo péng yǒu men yì tīng dōu piě zhe zuǐ ba shuō　　nà
小朋友们一听都撇着嘴巴说："那

dāng rán　yào shi lián zhè dōu bù zhī dao hái néng shàng dà
当然，要是连这都不知道还能上大

bān
班！"

Dà tóu ér zi zhè cái xiǎng qǐ lai　Bèi bei jīn nián cái
大头儿子这才想起来，贝贝今年才

shàng yòu ér yuán zhōng bān　nán guài tā bù zhī dao
上 幼儿园 中 班，难怪他不知道。

　　　　　āi yā　　xiǎo bā dòu dòu bǎ nǐ men de cǎo dì chī
　　　　"哎呀， 小巴豆豆把你们的草地吃

diào le　　zhèng shuō zhe　Dà tóu ér zi hū rán fā xiàn xiǎo
掉了！"正说着，大头儿子忽然发现小

nǎi niú xiàng lí yí yàng de bǎ dì shang de cǎo yǐ jing chī le
奶牛像犁一样地把地上的草已经吃了

yí dà piàn　tā gǎn jǐn qù lā xiǎo nǎi niú　kě xiǎo nǎi niú dī
一大片，他赶紧去拉小奶牛，可小奶牛低

zhe tóu bù kěn zǒu　tā hái yào chī
着头不肯走，它还要吃。

ràng tā chī ba　　xiǎo péng yǒu men qiǎng zhe shuō
"让它吃吧!"小朋友们抢着说,

hái shǒu lā shǒu zhàn chéng yì pái　　xiàng nǎi niú chǎng de lán
还手拉手站成一排, 像奶牛场的栏

gān nà yàng　　lán zài le Dà tóu ér zi hé xiǎo nǎi niú zhōng
杆那样, 拦在了大头儿子和小奶牛中

jiān　　fǎn zhèng chī wán le hái huì zhǎng chu lai de
间,"反正吃完了还会长出来的。"

kàn zhe xiǎo nǎi niú gāo xìng de yàng zi　　Dà tóu ér zi
看着小奶牛高兴的样子, 大头儿子

zhōng yú zhī dao yòu ér yuán cái shì xiǎo nǎi niú zuì xǐ huan wán
终于知道幼儿园才是小奶牛最喜欢玩

de dì fang
的地方!

zài jiàn　　wǒ men gāi huí qu le　　dāng Dà tóu ér zi
"再见!我们该回去了!"当大头儿子

qiān zhe xiǎo nǎi niú zhǔn bèi lí kāi shí　　xiǎo péng yǒu men bǎ
牵着小奶牛准备离开时, 小朋友们把

xiǎo nǎi niú dǎ ban de gēn xīn niáng zi shì de　　dù zi shang
小奶牛打扮得跟新娘子似的: 肚子上

dài zhe hóng sī dài biān chéng de xiàng liàn　　wěi ba shang zā
戴着红丝带编成的项链、尾巴上扎

zhe dà dà de tiān lán sè hú dié jié　　sì zhī jiǎo dù zi shang
着大大的天蓝色蝴蝶结、四只脚肚子上

chā zhe sì duǒ bù tóng yán sè de zhǐ huā　　　dāng Dà tóu ér
插着四朵不同颜色的纸花……当大头儿

zi qiān zhe xiǎo nǎi niú huí dào nǎi niú chǎng shí　suǒ yǒu de shū
子牵着小奶牛回到奶牛场时，所有的叔

shu wàng zhe xiǎo nǎi niú bàn tiān shuō bu chū huà lai
叔望着小奶牛半天说不出话来。

chī cǎo guàn jūn bào zhà le
吃草冠军爆炸了

nǎi niú men bā jī bā jī　zài bǐ sài chī cǎo　　dì yī
奶牛们吧唧吧唧，在比赛吃草。第一

míng hěn kuài jiù chū lai le　　shì nà tóu nǎo dai shang quán
名很快就出来了，是那头脑袋上全

zhǎng hēi máo de nǎi niú　qiáo tā chī le　dì shang yí dà piàn
长黑毛的奶牛，瞧它吃了地上一大片

nèn cǎo　lòu chu lai de dì　pí hǎo xiàng yì　zhī dà gǒu xióng
嫩草，露出来的地皮好像一只大狗熊。

"哇！你的肚子好大呀！"大头儿子走过去摸摸黑脑袋奶牛的肚皮，肚皮胀鼓鼓的，大得马上就要裂开来似的。

"你不能再吃了！"大头儿子把它拉到一边没草的地方去。可等大头儿子掉头去看别的奶牛时，它却找了一个草更密的地方，又吧唧吧唧大吃起来。

"不行不行，再吃下去你的肚子要爆炸啦！"大头儿子想了一下，就找根绳子把黑脑袋奶牛绑在一边没草的地方。

中午，大头儿子一边吃饭，一边摸自己的肚子，他老在想那头黑脑袋奶牛。

wǔ fàn yì chī wán　　tā jiù yòu lái dào nǎi niú chǎng　xiǎng kàn
午饭一吃完，他就又来到奶牛场，想看

kan tā de dù zi yǒu méi you xiǎo xia qu yì diǎn　kě shàng wǔ
看它的肚子有没有小下去一点。可上午

bǎng tā de dì fang jìng shì kōng kōng de　nǎi niú zhōng jiān yě
绑它的地方竟是空空的，奶牛中间也

zhǎo bu dào tā　　yí　qí guài ya　hēi nǎo dai nǎi niú huì
找不到它……咦？奇怪呀！黑脑袋奶牛会

qù nǎ er ne　Dà tóu ér zi zhǎo zhe xiǎng zhe　hū rán shēn
去哪儿呢？大头儿子找着想着，忽然身

shang xià chu yì shēn lěng hàn　à　hēi nǎo dai nǎi niú huì bu
上吓出一身冷汗：啊！黑脑袋奶牛会不

huì yǐ jing bào zhà le　zhà dào tiān shàng qù le　Dà tóu ér
会已经爆炸了？炸到天上去了？大头儿

zi gǎn jǐn tái tóu cháo tiān shàng kàn　tiān shàng de yún hòu hòu
子赶紧抬头朝天上看，天上的云厚厚

de　bái bái de　lián yì diǎn hēi sè de dōng xi dōu méi you
的，白白的，连一点黑色的东西都没有；

nà huì bu huì zhà de tài lì hai　zhà dào yún shàng mian qù le
那会不会炸得太厉害，炸到云上面去了

ne　ài　yào shi yǒu yì gēn hěn cháng hěn cháng de zhú gān jiù
呢？唉！要是有一根很长很长的竹竿就

hǎo le　Dà tóu ér zi jiù kě yǐ yòng zhú gān wǎng yún shang
好了，大头儿子就可以用竹竿往云上

chuō yí gè dòng kàn kan
戳一个洞看看。

kě shì xiàn zài shén me yě kàn bu jiàn　zěn me bàn ne
可是现在什么也看不见，怎么办呢？

yào shi hēi nǎo dai nǎi niú dù zi li de xiě zài tiān shàng liú
要是黑脑袋奶牛肚子里的血在天上流

guāng le jiù huì sǐ diào de　hēi nǎo dai nǎi niú shì chī cǎo
光了就会死掉的！黑脑袋奶牛是吃草

guàn jūn　chī cǎo guàn jūn shì bù néng sǐ de　Dà tóu ér zi
冠军，吃草冠军是不能死的！大头儿子

yuè xiǎng yuè zháo jí　jiù gǎn jǐn pǎo qù hǎn sì yǎng yuán
越想越着急，就赶紧跑去喊饲养员：

bù hǎo la　bù hǎo la　chī cǎo guàn jūn bào zhà la
"不好啦！不好啦！吃草冠军爆炸啦！"

sì yǎng yuán men yǐ wéi chū le shén me shì　dōu jí
饲养员们以为出了什么事，都急

máng cóng yí gè wū zi li yōng chu lai　Dà tóu ér zi
忙从一个屋子里拥出来："大头儿子，

chū shén me shì le　màn màn shuō　bié jí
出什么事了？慢慢说，别急！"

Dà tóu ér zi bí jiān shang zhí mào rè qì　tā jiē jie
大头儿子鼻尖上直冒热气，他结结

bā bā de bǎ hēi nǎo dai nǎi niú zhà dào tiān shàng qu de shì
巴巴地把黑脑袋奶牛炸到天上去的事

情说了一遍，最后还拉着一个叔叔的胳

膊直摇："快！赶快坐飞机到天上去救

救吃草冠军……"

等大头儿子刚说完，饲养员们

都哈哈大笑起来。那个被拽着胳膊的饲

养员叔叔对大头儿子说："来，跟我到

屋里去看一看！"

大头儿子奇怪地跟着叔叔走进他们

刚才呆着的屋子，一眼就看见黑脑袋奶

牛无力地趴在干草堆上，在它面前正

摇摇晃晃站着一头刚刚出生的小

奶牛，它也是黑脑袋。

　　 à　　yuán lái chī cǎo guàn jūn méi yǒu bào zhà 　shì shēng
　"啊！原来吃草冠军没有爆炸，是生

xiǎo máo tóu nǎi niú qù le 　　　Dà tóu ér zi zhēn shì yòu jīng xǐ
小毛头奶牛去了！"大头儿子真是又惊喜

yòu nán wéi qíng
又难为情。

<ruby>新<rt>xīn</rt></ruby><ruby>郎<rt>láng</rt></ruby><ruby>鸡<rt>jī</rt></ruby><ruby>和<rt>hé</rt></ruby><ruby>新<rt>xīn</rt></ruby><ruby>娘<rt>niáng</rt></ruby><ruby>鸡<rt>jī</rt></ruby>

新郎鸡和新娘鸡

<ruby>村<rt>cūn</rt></ruby><ruby>子<rt>zi</rt></ruby><ruby>里<rt>li</rt></ruby><ruby>有<rt>yǒu</rt></ruby><ruby>一<rt>yí</rt></ruby><ruby>户<rt>hù</rt></ruby><ruby>人<rt>rén</rt></ruby><ruby>家<rt>jiā</rt></ruby><ruby>今<rt>jīn</rt></ruby><ruby>天<rt>tiān</rt></ruby><ruby>结<rt>jié</rt></ruby><ruby>婚<rt>hūn</rt></ruby>，<ruby>热<rt>rè</rt></ruby><ruby>闹<rt>nao</rt></ruby><ruby>得<rt>de</rt></ruby>
<ruby>不<rt>bù</rt></ruby><ruby>得<rt>dé</rt></ruby><ruby>了<rt>liǎo</rt></ruby>，<ruby>晚<rt>wǎn</rt></ruby><ruby>上<rt>shang</rt></ruby><ruby>在<rt>zài</rt></ruby><ruby>自<rt>zì</rt></ruby><ruby>己<rt>jǐ</rt></ruby><ruby>家<rt>jiā</rt></ruby><ruby>的<rt>de</rt></ruby><ruby>院<rt>yuàn</rt></ruby><ruby>子<rt>zi</rt></ruby><ruby>里<rt>li</rt></ruby><ruby>办<rt>bàn</rt></ruby><ruby>了<rt>le</rt></ruby><ruby>二<rt>èr</rt></ruby>
<ruby>十<rt>shí</rt></ruby><ruby>桌<rt>zhuō</rt></ruby><ruby>喜<rt>xǐ</rt></ruby><ruby>酒<rt>jiǔ</rt></ruby>。<ruby>爷<rt>yé</rt></ruby><ruby>爷<rt>ye</rt></ruby><ruby>和<rt>hé</rt></ruby><ruby>大<rt>Dà</rt></ruby><ruby>头<rt>tóu</rt></ruby><ruby>儿<rt>ér</rt></ruby><ruby>子<rt>zi</rt></ruby><ruby>也<rt>yě</rt></ruby><ruby>被<rt>bèi</rt></ruby><ruby>请<rt>qǐng</rt></ruby><ruby>去<rt>qù</rt></ruby><ruby>吃<rt>chī</rt></ruby>

喜酒了，这会儿他们吃完回来，爷爷的脸吃得红彤彤的，大头儿子的嘴巴吃得油光光的。

"爷爷，我们家的公鸡和母鸡有没有结婚？"快到家的时候大头儿子突然问。

爷爷想了一下说："不记得了，大概结婚了吧。"

"那你有没有吃过它们的喜酒总记得吧？"大头儿子追着问。

"这好像没有。"爷爷回答。

大头儿子来劲了："爷爷，我们明天晚上也在自己家的院子里，给公鸡母

jī bàn yì zhuō xǐ jiǔ hǎo bu hǎo
鸡办一桌喜酒好不好？"

yé ye shuō　　zhǐ yào nǐ nǎi nai tóng yì　　wǒ méi yì
爷爷说："只要你奶奶同意，我没意

jian
见。"

nǎi nai dāng rán tóng yì　　dì èr tiān wǎn shang　　nǎi nai
奶奶当然同意。第二天晚上，奶奶

jiù bǎ fàn zhuō pū zài yuàn zi li　　hái rè le yí dà wǎn tián
就把饭桌铺在院子里，还热了一大碗甜

jīn jīn de mǐ jiǔ　　dà tóu ér zi yí tàng yòu yí tàng bǎ gōng
津津的米酒。大头儿子一趟又一趟把公

jī hé mǔ jī bào dào yǐ zi shang　　kě tā men lǎo ài wǎng
鸡和母鸡抱到椅子上，可它们老爱往

xià tiào　　nǎi nai shuō　　suàn le ba　　tā men ài dāi zài zhuō
下跳。奶奶说："算了吧，它们爱待在桌

zi dǐ xia
子底下。"

kě tā men jīn tiān shì xīn láng jī hé xīn niáng jī ya
"可它们今天是新郎鸡和新娘鸡呀！"

Dà tóu ér zi xīn li hái xiǎng　　yào shi tā men yě néng chuān
大头儿子心里还想，要是它们也能穿

shang hēi xī zhuāng hé bái shā qún　　jiù xiàng xiǎo tóu bà ba
上黑西装和白纱裙，就像小头爸爸

和围裙妈妈的结婚照那样就好了!

"你别着急，"爷爷好像总知道大头儿子的心思，"公鸡的黑羽毛就是黑西装，母鸡的白羽毛就是白纱裙，它们难道还不像新郎新娘吗？"

经爷爷这么一说，大头儿子满意地笑了，他这才坐到桌子前面，大口吃起来。

奶奶真好，今天还烧了特别多的菜。"还有最后一个菜，我去把它炒出来。"奶奶说着又去了厨房。

一会儿，奶奶就又端了一大碗热气

腾腾的菜出来了:"快趁热吃,是小葱炒鸡蛋。这只母鸡下的蛋个个又红又大,我炒得嫩嫩的,包你们爷孙俩抢着吃!"

"什么?你今天还吃这只母鸡下的蛋?"

大头儿子望着一大碗金灿灿的炒鸡蛋忽然哭起来,"它们今天结婚了,你吃它们的鸡蛋就是吃它们的孩子!"

从这天起,大头儿子再也不吃这只胖母鸡下的蛋了:"我只吃不认识的母鸡下的蛋!"

奶奶没办法,只好去集市给大头儿子

mǎi jī dàn chī　ér zì jǐ jiā de pàng mǔ jī xià de dàn　zài
买鸡蛋吃，而自己家的胖母鸡下的蛋，再

ná dào jí shì shang qù mài diào
拿到集市上去卖掉。

gōng jī mǔ jī de cè suǒ

公 鸡 母 鸡 的 厕 所

nǎi nai sǎo yuàn zi de shí hou yòu zài bào yuàn le
奶 奶 扫 院 子 的 时 候 又 在 抱 怨 了：

quán shì jī shǐ dōng yì tān xī yì tān
"全 是 鸡 屎，东 一 摊，西 一 摊！"

nà shì yīn wei jī méi you cè suǒ suǒ yǐ tā men zhǐ
"那 是 因 为 鸡 没 有 厕 所，所 以 它 们 只

néng lā zài dì shang yào shi wǒ men rén méi yǒu cè suǒ
能 拉 在 地 上 。 要 是 我 们 人 没 有 厕 所，

wǒ men yě huì lā zài dì shang de
我们也会拉在地上的！"

　　yé ye zài yì biān tīng le xiào qi lai　　nǐ yǐ wéi jī shì
　　爷爷在一边听了笑起来："你以为鸡是

gǒu a　　yǒu le cè suǒ tā jiù huì qù shàng
狗啊，有了厕所它就会去上？"

　　dāng rán luo　　wǒ de gōng jī mǔ jī shì quán shì jiè
　　"当然啰，我的公鸡母鸡是全世界

zuì zuì cōng ming de jī　　Dà tóu ér zi jiāo ào de shuō
最最聪明的鸡！"大头儿子骄傲地说。

　　nà hǎo　　wǒ lái gěi tā men dā gè cè suǒ　　kàn tā
　　"那好，我来给它们搭个厕所，看它

men hái lā zài dì shang ma　　yé ye shuō zhe jiù qù bān
们还拉在地上吗？"爷爷说着就去搬

zhuān tou
砖头。

　　yào dā yí gè nán de　　yí gè nǚ de　　fǒu zé tā men
　　"要搭一个男的，一个女的，否则它们

bù kěn jìn qu lā de　　Dà tóu ér zi gēn zài yé ye pì gu
不肯进去拉的。"大头儿子跟在爷爷屁股

hòu mian shuō
后面说。

　　jī cè suǒ ái zhe lí ba dā hǎo le　　lǐ miàn fēn chéng
　　鸡厕所挨着篱笆搭好了，里面分成

两小间，一间给公鸡拉，一间给母鸡拉。

"它们怎么知道哪间是男的，哪间是女的？"大头儿子望着鸡厕所说，因为他想起人的厕所在门上都有男女标志的，男厕所的门上有一个穿裤子的小人，女厕所的门上有一个穿裙子的小人。

大头儿子转身跑进屋，过了一会又出来了，手里拿着两张刚刚画好的画，一张上面画着一只戴帽子的鸡，一张上面画着一只戴蝴蝶结的鸡，他把它们分别贴在两间厕所的门上。可公

jī hé mǔ jī pǎo guo tā men de cè suǒ bié shuō tíng xia lai
鸡和母鸡跑过它们的厕所别说停下来

le jiù shì lián kàn yì yǎn dōu méi you hái shi bǎ shǐ lā de
了，就是连看一眼都没有，还是把屎拉得

dào chù dōu shì Dà tóu ér zi jiù gēn zài tā men hòu mian zhǐ
到处都是。大头儿子就跟在它们后面指

zhe cè suǒ yí biàn yí biàn de jiǎng qiáo nà shì nǐ men
着厕所一遍一遍地讲："瞧，那是你们

de cè suǒ yào xiǎo biàn dà biàn jiù jìn qu lā zài dì shang
的厕所，要小便大便就进去，拉在地上

duō bú wèi shēng ya
多不卫生呀！"

guāng zhè yàng shuō kàn lai hái bù xíng Dà tóu ér zi
光这样说看来还不行，大头儿子

jiù bǎ tā men bào jin qu kě tā gāng bào lai gōng jī mǔ
就把它们抱进去。可他刚抱来公鸡、母

jī pǎo le chū qù gāng bào lai mǔ jī gōng jī pǎo le chū
鸡跑了出去，刚抱来母鸡，公鸡跑了出

qù tā men piān yào bǎ jī shǐ lā zài dì shang
去，它们偏要把鸡屎拉在地上。

Dà tóu ér zi zhè yàng yí biàn biàn de shuō yí biàn biàn de
大头儿子这样一遍遍地说、一遍遍地

bào lèi de mǎn tóu dà hàn tā jué dìng hái shi xiǎng bié de
抱，累得满头大汗，他决定还是想别的

^{bàn fǎ}
办法。

^{Dà tóu ér zi ná lái liǎng zhī dà sù liào dài   tào zài gōng}
大头儿子拿来两只大塑料袋，套在公

^{jī mǔ jī de pì gu shang   suī rán tā men hái bù xí·guàn}
鸡母鸡的屁股上，虽然它们还不习惯，

^{lǎo xiǎng bǎ sù liào dài shuǎi diào   bú guò zhè bàn fǎ zhēn guǎn}
老想把塑料袋甩掉，不过这办法真管

^{yòng   dì shang zài yě méi you jī shǐ le   jī shǐ quán zài sù}
用，地上再也没有鸡屎了，鸡屎全在塑

^{liào dài li   guó yí huì   Dà tóu ér zi jiù gěi tā men huàn}
料袋里，过一会，大头儿子就给它们换

^{yí gè}
一个。

^{āi yā   wǒ de tiān a   zhè jī dàn bù chéng le shǐ}
"哎呀！我的天啊！这鸡蛋不成了屎

^{dàn la   méi guò duō jiǔ nǎi nai hū rán zài yuàn zi li jiào}
蛋啦！"没过多久奶奶忽然在院子里叫

^{qi lai   Dà tóu ér zi pǎo chu wū   zhǐ jiàn bái mǔ jī pì gu}
起来，大头儿子跑出屋，只见白母鸡屁股

^{hòu mian de sù liào dài li   yí gè hóng pū pū de dà jī}
后面的塑料袋里，一个红扑扑的大鸡

^{dàn shang zhān mǎn le jī shǐ   kàn le zhēn ràng rén jué de}
蛋上粘满了鸡屎，看了真让人觉得

ě xin
恶心。

suàn le suàn le hái shi ràng tā men lā zài dì shang
"算了算了，还是让它们拉在地上

ba nǎi nai ná diào le gōng jī mǔ jī pì gu hòu mian de sù
吧！"奶奶拿掉了公鸡母鸡屁股后面的塑

liào dài zhǐ jiàn gōng jī mǔ jī qīng sōng de pāi pai chì bǎng rán
料袋，只见公鸡母鸡轻松地拍拍翅膀，然

hòu yí lù xiǎo pǎo zhe xiàng jiāo dì shì de gè lā chu yí dà pāo
后一路小跑着像浇地似的各拉出一大泡

jī shǐ
鸡屎。

Dà tóu ér zi zài diàn huà li duì bà ba mā ma shuō yào
大头儿子在电话里对爸爸妈妈说，要

bǎ gōng jī mǔ jī dài huí jiā li wán jǐ tiān bà ba mā ma
把公鸡母鸡带回家里玩几天。爸爸妈妈

shuō zhǐ yào gōng jī mǔ jī bù fáng ài bié ren kě yǐ zài jiā
说只要公鸡母鸡不妨碍别人，可以在家

li zhù jǐ tiān
里住几天。

dāng Xiǎo tóu bà ba hé Wéi qún mā ma yí kàn jian gōng
当小头爸爸和围裙妈妈一看见公

jī mǔ jī shí yě xǐ huan de yào mìng　Wéi qún mā ma mō
鸡母鸡时，也喜欢得要命。围裙妈妈摸

zhe hēi gōng jī wěi ba shang yòu cháng yòu liàng de jī máo
着黑公鸡尾巴上又长又亮的鸡毛

shuō à yào shi yòng tā men zuò chéng jiàn zi duō piào
说："啊，要是用它们做成毽子多漂

liang ya
亮呀！"

bù xǔ nǐ shā tā　Dà tóu ér zi xià de yì bǎ bào guo
"不许你杀它！"大头儿子吓得一把抱过

hēi gōng jī
黑公鸡。

Xiǎo tóu bà bà xiào zhe shuō kàn nǐ mā ma zhǐ shì
小头爸爸笑着说："看你，妈妈只是

zhè me shuō shuo ma
这么说说嘛！"

dào le wǎn shang　Xiǎo tóu bà ba wǎng yáng tái shang bān
到了晚上，小头爸爸往阳台上搬

le yì zhāng sì tiáo tuǐ de xiǎo zhuō zi yòu zài xiǎo zhuō zi
了一张四条腿的小桌子，又在小桌子

xià mian fàng le yí kuài hòu hòu de cǎo diàn zi rán hòu bǎ jī
下面放了一块厚厚的草垫子，然后把鸡

gǎn dào diàn zi shang zhè yàng tā men yè li jiù bú huì
赶到垫子上："这样它们夜里就不会

冷了。"等鸡趴下以后，小头爸爸说还有一件更重要的事情必须做。他说着又走进屋，拿来四大张已经晾干的、用墨汁涂过的大报纸，把它们遮在小桌子的四面："这样它们看不到天亮，就不会一大早'喔喔'叫了。"

可是第二天早晨天还没亮，小头爸爸和围裙妈妈竟被一声刺耳的"喔喔喔"叫醒，他们吓得跳起来，直奔阳台上，只见公鸡站在桌子上面脖子伸得好长。

"快别叫，别叫！"小头爸爸小声但很

用力地对公鸡说，公鸡扭头看看他，然后更响更长地叫起来。

大头儿子可没被鸡叫醒，是让围裙妈妈拍醒的："快去让公鸡停下，要吵醒邻居的！"

可公鸡也不听大头儿子的话。"妈妈，去找个口罩给公鸡戴上。"大头儿子出主意说。围裙妈妈急着想或许会有用，就去找来一个。给公鸡好不容易戴上了口罩，可公鸡头一甩，口罩就滑到脖子上，然后它继续大声叫。

"还是把它赶紧藏到衣橱里去吧，现

在没时间多考虑什么！"小头爸爸说。

围裙妈妈犹豫了一下，就跑去把衣橱里的

东西全部拿出来放在地上。

　　大头儿子把公鸡抱进衣橱，哈！这一

招果然灵，衣橱里面什么也看不见，公

鸡以为天又黑了，所以就不叫了。

　　早晨大头儿子去取牛奶，只听邻居

们都在说：

　　　"今天天没亮时我听见公鸡的叫声

了，真好听！"

　　　"我都几十年没听到了，可惜叫了没

几声。"

"要是再能听见母鸡下蛋的叫声就

好了!"

　　大头儿子取完牛奶,一路跑回家去的

时候心里实在太高兴了,因为公鸡母鸡

可以在这儿多待一些日子了!

qǐng dà jiā jiù jiu māo huáng huáng
请大家救救猫黄黄

sān zhī xiǎo māo yì zhī hēi　yì zhī bái　yì zhī huáng
三只小猫一只黑、一只白、一只黄，

Dà tóu ér zi fēn bié gěi tā men qǐ míng jiào māo hēi hēi　māo
大头儿子分别给它们起名叫猫黑黑、猫

bái bái　māo huáng huáng
白白、猫黄黄。

wǒ ràng nǐ men dōu xìng māo　zhè yàng nǐ men cái shì
"我让你们都姓猫，这样你们才是

DATOU ERZI HE XIAOTOU BABA

yì jiā de　　　　bù guǎn sān zhī xiǎo māo shì fǒu mǎn yì　fǎn
一家的！"不管三只小猫是否满意，反

zhèng Dà tóu ér zi duì zhè sān gè míng zi hěn mǎn yì
正大头儿子对这三个名字很满意。

zhè tiān zhōng wǔ Dà tóu ér zi qù gěi xiǎo māo sòng chī
这天中午大头儿子去给小猫送吃

de　māo hēi hēi hé māo bái bái yì hǎn jiù pǎo chu lai le　zhǐ
的，猫黑黑和猫白白一喊就跑出来了，只

yǒu māo huáng huáng hǎn le bàn tiān yě bú jiàn yǐng zi
有猫黄黄喊了半天也不见影子。

māo huáng huáng　nǐ bú è ma　　jīn tiān de yú gàn
"猫黄黄，你不饿吗？今天的鱼干

kě hǎo chī li　　Dà tóu ér zi biān shuō biān zǒu jìn hēi hū
可好吃哩！"大头儿子边说边走近黑乎

hū de qiáng　　zhǐ jiàn māo huáng huáng jǐn āi zhe qiáng bì hún
乎的墙，只见猫黄黄紧挨着墙壁浑

shēn fā dǒu　lián shēng yīn yě jiào bu chū lái
身发抖，连声音也叫不出来。

āi yā　māo huáng huáng　nǐ shēng bìng le　wǒ
"哎呀！猫黄黄，你生病了！我

sòng nǐ dào chǒng wù yī yuàn qù hǎo ma　Dà tóu ér zi qīng
送你到宠物医院去好吗？"大头儿子轻

qīng bào qi māo huáng huáng jiù wǎng chǒng wù yī yuàn pǎo
轻抱起猫黄黄就往宠物医院跑。

kě tā pǎo zhe pǎo zhe hū rán tíng xia le　　yīn wei tā xiǎng qi
可他跑着跑着忽然停下了，因为他想起

lai kàn bìng shì yào qián de　ér tā shì xiǎo hái zi　nǎ li lái
来看病是要钱的，而他是小孩子，哪里来

de qián
的钱？

　　　　Dà tóu ér zi bào zhe xiǎo māo jí de zài yuán dì dǎ
　　大头儿子抱着小猫急得在原地打

zhuàn　qù xiàng Wéi qún mā ma yào qián　bù xíng bù xíng　Wéi
转：去向围裙妈妈要钱？不行不行，围

qún mā ma kěn dìng bú huì gěi de　　　duì　wǒ dào ér tóng
裙妈妈肯定不会给的……对，我到儿童

lè yuán qù　nà er yǒu hěn duō xiǎo péng yǒu　shuō bu dìng tā
乐园去，那儿有很多小朋友，说不定他

men huì yǒu mǎi yǐn liào de qián　　yì xiǎng dào zhè me yí gè hǎo
们会有买饮料的钱！一想到这么一个好

bàn fǎ　　Dà tóu ér zi zhēn shì gāo xìng jí le　　tā bào zhe
办法，大头儿子真是高兴极了，他抱着

māo huáng huáng lián máng zhuǎn shēn wǎng ér tóng lè yuán nà
猫黄黄连忙转身往儿童乐园那

er bēn
儿奔。

　　　　kě yí dào ér tóng lè yuán li　dào chù dōu shì wán zhe
　　可一到儿童乐园里，到处都是玩着

de xiǎo péng yǒu Dà tóu ér zi zěn me zhī dao shuí yǒu mǎi yǐn
的小朋友,大头儿子怎么知道谁有买饮

liào de qián shuí méi you ne tā cháo sì chù kàn le kàn jué
料的钱谁没有呢?他朝四处看了看,决

dìng jiù bào zhe xiǎo māo zhàn zài mài bīng gùn hé yǐn liào de tān
定就抱着小猫站在卖冰棍和饮料的摊

wèi páng biān zhè yàng bú jiù kě yǐ zhī dao le ma
位旁边,这样不就可以知道了嘛!

zhè guǒ rán shì gè hǎo bàn fǎ qiáo Dà tóu ér zi gāng
这果然是个好办法,瞧大头儿子刚

zhàn xia jiù yǒu yí gè nán hái zi ná zhe qián pǎo lai mǎi qiǎo
站下,就有一个男孩子拿着钱跑来买巧

kè lì dàn tǒng Dà tóu ér zi gǎn jǐn zǒu shang qu xiǎo
克力蛋筒,大头儿子赶紧走上去:"小

péng yǒu qǐng nǐ jiù jiu zhè zhī shēng bìng de xiǎo māo hǎo
朋友,请你救救这只生病的小猫好

ma tā méi you qián dào chǒng wù yī yuàn qù kàn bìng nán
吗?它没有钱到宠物医院去看病。"男

hái yì tīng mǎ shàng jiù bǎ shou li de qián gěi le Dà tóu
孩一听,马上就把手里的钱给了大头

ér zi
儿子。

jiù zhè yàng Dà tóu ér zi lián xù děng dào le qī bā
就这样,大头儿子连续等到了七八

个小朋友，手里的钱越来越多，他开始
高兴起来。可那个摆饮料摊位的大胡子叔
叔却开始生气了，因为来买冷饮的小
朋友把钱都给了大头儿子，大胡子叔叔
就没生意了。"我要打电话喊警察来抓
你，你这是拿你家的猫出来骗钱！"大胡
子叔叔说着竟抓住了大头儿子那只拿
钱的手。

"哇——"大头儿子被吓哭了，"它不
是我们家的猫，它是一只流浪的猫……
呜呜……"

叔叔一下松开手，低头看看猫：

“哦，对不起，叔叔错怪你了，你真是一个善良的好孩子！”叔叔说着转身从饮料柜的抽屉里抓出一大把钱塞给大头儿子，“快，快去宠物医院吧，这猫耽误不起了！”

大头儿子接过钱，笑得眼泪流到脸上，他转身跑出儿童乐园，终于把猫黄黄及时送进宠物医院治疗。

děng a děng a　yì zhí děng dào tiān hēi
等 啊 等 啊，一 直 等 到 天 黑

zhí dào bàng wǎn de shí hou　　sān zhī xiǎo māo cái wǎng
直 到 傍 晚 的 时 候，三 只 小 猫 才 往
qiáng jiǎo biān tā men de jiā pǎo lai　　yīn wei tā men méi you
墙 角 边 它 们 的 家 跑 来，因 为 它 们 没 有
bié de dì fang kě yǐ qù　　kě yǐ zhù　　kě yǐ zài yè li ān
别 的 地 方 可 以 去、可 以 住、可 以 在 夜 里 安
xīn de shuì jiào　　tā men bèi bān diǎn gǒu xià pǎo yǐ hòu　　chà
心 地 睡 觉。它 们 被 斑 点 狗 吓 跑 以 后，差
bu duō zhěng zhěng yì tiān méi chī guo dōng xi　　zhè huì er zhēn
不 多 整 整 一 天 没 吃 过 东 西，这 会 儿 真
shì yòu lèi　　yòu è
是 又 累、又 饿。

嗨！忽然它们闻到一股熟悉的味，是从墙角那儿飘过来的。啊！是煎鱼的味道，还有牛奶的香味。它们赶紧跑过去，竟看见一个人坐在墙边——那是大头儿子！

"你们总算回来了！"大头儿子顿时没了瞌睡，伸出手抱起三只小猫，"对不起，我以后再也不带斑点狗来了！"

小猫看到大头儿子也亲昵得要命，它们争着舔他的脸，舔他的手，还"喵——喵——"地轻轻叫，好像在对大头儿子说："我们想死你了！"

"赶快吃吧，你们一定饿坏了！"大头儿子将满满一盘煎鱼推到小猫面前，三只小猫高兴地吧唧吧唧吃起来。

"不着急，吃完了鱼还有牛奶呢！"傍晚的时候小头爸爸和围裙妈妈都不在家，大头儿子给三只小猫拿了足够的食物。

三只小猫一吃饱，就跟大头儿子玩起来，它们一起用嘴巴咬他的裤腿，要他坐在地上，然后爬到他的肩上往下跳，还调皮地转过身去，把尾巴挂下来荡来荡去，尾巴上的毛蹭在大头儿子

de liǎn shang　yǎng de tā gē ge zhí xiào　wǎng hòu dǎo zài
的 脸 上 ， 痒 得 他 咯 咯 直 笑 ， 往 后 倒 在

dì shang　sān zhī xiǎo māo gǎn jǐn qiǎng zhe pá dào tā de dù
地 上 ， 三 只 小 猫 赶 紧 抢 着 爬 到 他 的 肚

zi zhōng jiān　shū fu de pā xia le
子 中 间 ， 舒 服 地 趴 下 了 。

　　wāng　wāng wāng　jiù zài xiǎo māo men gāng gāng
　　"汪 ！ 汪 汪 ！" 就 在 小 猫 们 刚 刚

tián mì de bì shang yǎn jing　hū rán cóng yuǎn chù chuán lai yí
甜 蜜 地 闭 上 眼 睛 ， 忽 然 从 远 处 传 来 一

zhèn gǒu jiào shēng　xià de sān zhī xiǎo māo　miāo　de dà jiào
阵 狗 叫 声 ， 吓 得 三 只 小 猫 "喵" 地 大 叫

yì shēng　rán hòu tiào xia dì　duǒ dào qiáng jiǎo li　jǐ zài yì
一 声 ， 然 后 跳 下 地 ， 躲 到 墙 角 里 挤 在 一

qǐ fā dǒu
起 发 抖 。

　　māo hēi hēi　māo bái bái　māo huáng huáng　bié hài
　　"猫 黑 黑 ！ 猫 白 白 ！ 猫 黄 黄 ！ 别 害

pà　yǒu wǒ zài ne　wú lùn Dà tóu ér zi zěn me hǎn　sān
怕 ！ 有 我 在 呢 ！" 无 论 大 头 儿 子 怎 么 喊 ， 三

zhī xiǎo māo zài yě bù gǎn chū lai wán le
只 小 猫 再 也 不 敢 出 来 玩 了 。

　　wǒ gěi nǐ men zài zhè er chā shang yì pái bǎo jiàn　gǒu
　　"我 给 你 们 在 这 儿 插 上 一 排 宝 剑 ， 狗

就不敢来了！"大头儿子捡来许多又粗又长的树枝，在墙角前面密密地插了一排，"再挖一个大陷阱，要是我不在的时候狗来了，就让它掉在陷阱里哭！"

大头儿子在地上挖了好大一个坑，然后盖上报纸、树叶什么的："大陷阱挖好了，你们快出来看呀！"大头儿子高兴地招呼小猫们，结果一不小心，自己踩到了陷阱，"咚"地掉下去，"救命啊！"

本来三只小猫还是没敢出来，现在看见大头儿子掉进陷阱喊"救命"，就急

máng chū lai kàn　　Dà tóu ér zi tǎng zài xiàn jǐng li　　kàn jian
忙 出 来 看。大头儿子躺在陷阱里,看见

tóu shàng mian sān zhī xiǎo māo shēn cháng bó zi jiāo jí de
头 上 面 三 只 小 猫 伸 长 脖 子 焦 急 地

miāo miāo　zhí jiào　biàn　　gē gē　xiào qi lai　xiǎo māo
"喵 喵"直 叫,便"咯 咯"笑 起 来,小 猫

jiàn Dà tóu ér zi tǎng zài xià mian xiào　　xīn xiǎng zhè xià mian
见 大头儿子躺在下面笑, 心想这下面

yí dìng fēi cháng hǎo wán　wǒ men wèi shén me bú xià qu wán
一 定 非 常 好 玩,我 们 为 什 么 不 下 去 玩

yì wán ne　　yú shì tā men wàng jì le gāng cái de hài pà
一 玩 呢?于 是 它 们 忘 记 了 刚 才 的 害 怕,

yí gè jiē yí gè tiào xia qu　yòu hé Dà tóu ér zi jì xù wán
一 个 接 一 个 跳 下 去,又 和 大头儿子继续玩

qi lai　wán de bǐ gāng cái hái yào kāi xīn li
起 来, 玩 得 比 刚 才 还 要 开 心 哩!

duō jiǎo chóng biàn chéng wú jiǎo chóng
多脚虫变成无脚虫

Xiǎo tóu bà ba tí zhe mǎn mǎn yì tǒng yú huí lai le wǒ
小头爸爸提着满满一桶鱼回来了："我

jīn tiān yí gòng diào le bā tiáo yú lì hai ma
今天一共钓了八条鱼，厉害吗？"

zhēn bú cuò wǒ men kě yǐ chī gè jǐ tiān le
"真不错，我们可以吃个几天了！"

Wéi qún mā ma jiē guo yú tǒng lè hē hē de shuō
围裙妈妈接过鱼桶乐呵呵地说。

kě Dà tóu ér zi què piě piě zuǐ ba hng cái bā
可大头儿子却撇撇嘴巴："哼，才八

tiáo hái bú gòu sān zhī māo chī yí dùn de ne
条，还不够三只猫吃一顿的呢！"

　　māo　nǎ lái de māo　　Xiǎo tóu bà ba qí guài de
　　"猫？哪来的猫？"小头爸爸奇怪地

wèn
问。

　　Dà tóu ér zi zhī dao zì jǐ shuō lòu le zuǐ biàn hēi
　　大头儿子知道自己说漏了嘴，便"嘿

hēi yí xiào bú zài shuō shén me
嘿"一笑不再说什么。

　　bā tiáo yú xǐ guo yǐ hòu　bèi yì tiáo yì tiáo yòng zhú
　　八条鱼洗过以后，被一条一条用竹

gān chuān qi lai liàng zài yáng tái shang　yì yǎn wàng guo qu
竿穿起来晾在阳台上，一眼望过去

hǎo xiàng yì tiáo dà dà de duō jiǎo chóng　fēng chuī guo lai bā
好像一条大大的多脚虫，风吹过来八

zhī jiǎo yí dòng yí dòng de
只脚一动一动的。

　　zhè yú chuī yí xià de yān qi lai　fǒu zé huì huài diào
　　"这鱼吹一下得腌起来，否则会坏掉

de　　Wéi qún mā ma shài wán le shuō
的。"围裙妈妈晒完了说。

　　běn lái Dà tóu ér zi xīn li hái zài kāi xīn de biān zhe
　　本来大头儿子心里还在开心地编着

儿歌："多脚虫，跑不动……"可听围裙
妈妈这么一说，大头儿子着急起来，因为
鱼腌过以后，就不能给小猫吃了！

不行，我要让小猫吃到最新鲜的
鱼！

于是等围裙妈妈一离开阳台，大头
儿子就用细绳子把一条鱼从阳台上
吊下去：嗨！小头爸爸把鱼钓上来，我
把鱼吊下去。大头儿子开心地一边吊一
边想。可等鱼落到地面上，大头儿子
就傻眼了：谁来把鱼从绳子上解下来
呢？要是三只小猫在下面就好了！

sān zhī xiǎo māo duì wǒ qù bǎ tā men dài guo lai
三只小猫？对，我去把它们带过来，

wǒ diào xia qu tā men jiù zài xià mian chī duō hǎo wán ya
我吊下去，它们就在下面吃，多好玩呀！

xiǎng dào zhè er Dà tóu ér zi yì biān pǎo chu mén yì biān
想到这儿，大头儿子一边跑出门，一边

shuō wǒ chū qu wán le
说："我出去玩了！"

Dà tóu ér zi fēi kuài de bēn dào nà dǔ qiáng nà er
大头儿子飞快地奔到那堵墙那儿，

kě xiǎo māo bú zài yì zhī yě bú zài ài Dà tóu ér zi
可小猫不在，一只也不在，唉！大头儿子

gāng yào dà shēng hǎn hū rán tīng jian cóng bèi hòu chuán lai
刚要大声喊，忽然听见从背后传来

miāo miāo de jiào shēng shì sān zhī xiǎo māo
"喵——喵——"的叫声，是三只小猫

huí lai le tīng tā men yǒu qì wú lì de jiào shēng jiù zhī
回来了，听它们有气无力的叫声，就知

dao tā men chū qu zhǎo dōng xi chī méi zhǎo zháo
道它们出去找东西吃没找着。

kuài kuài gēn wǒ zǒu sān zhī xiǎo māo zhèng qí
"快！快跟我走！"三只小猫正奇

guài Dà tóu ér zi zěn me méi dài chī de lái jiù bèi gǎn zhe
怪大头儿子怎么没带吃的来，就被赶着

wǎng lìng yì tiáo lù shang zǒu　　děng dào le Dà tóu ér zi jiā
往另一条路上走。等到了大头儿子家

de yáng tái xià　Dà tóu ér zi tíng xia duì tā men shuō　　nǐ
的阳台下，大头儿子停下对它们说："你

men zài zhè er děng zhe　wǒ gěi nǐ men hǎo dōng xi chī
们在这儿等着，我给你们好东西吃！"

shuō wán　　tā jiù　jí máng pǎo huí jiā
说完，他就急忙跑回家。

　　sān zhī xiǎo māo dāi dāi de děng zài xià mian　yì zhī dǎ
三只小猫呆呆地等在下面，一只打

hā qian　　yì zhī náo ěr duo　yì zhī bàn bì zhe yǎn jing
哈欠，一只挠耳朵，一只半闭着眼睛。

　　māo hēi hēi　māo bái bái　māo huáng huáng　kuài
"猫黑黑！猫白白！猫黄黄！快，

zuì xīn xian de yú er lái la　　hū rán　Dà tóu ér zi de
最新鲜的鱼儿来啦！"忽然，大头儿子的

shēng yīn cóng tóu dǐng shang chuán xia lai　sān zhī xiǎo māo tái
声音从头顶上传下来，三只小猫抬

qi tóu　　zhǐ jiàn yì tiáo liàng shǎn shǎn de dà yú cóng kōng
起头，只见一条亮闪闪的大鱼从空

zhōng yì diǎn yì diǎn luò xia lai　　sān zhī xiǎo māo lèng le
中一点一点落下来，三只小猫愣了

lèng　yǐ wéi zài zuò mèng ne　yīn wei tā men zhǐ jiàn guo yú
愣，以为在做梦呢，因为它们只见过鱼

从河里蹿上来，可从来没见过鱼从

空中吊下来……管它呢！三只小猫先

跳起来吃了再说。大头儿子见小猫在下

面吃得欢，来劲了，又吊下去第二条、第

三条……不一会儿，阳

台上的"多脚虫"就

变成无脚虫了。

sì gè qǐ gài tǎo yú chī
四个乞丐讨鱼吃

Wéi qún mā ma shēng bìng　　hǎo jǐ tiān méi qù mǎi cài
围裙妈妈生病，好几天没去买菜

le　jiā li tiān tiān xià miàn tiáo chī　méi you yú
了，家里天天下面条吃，没有鱼。

nǐ men yí dìng è huài le ba　　Dà tóu ér zi fǔ
"你们一定饿坏了吧？"大头儿子抚

mō zhe sān zhī xiǎo māo　　jí shǐ tā gěi tā men dài lai le yú
摸着三只小猫，即使他给它们带来了鱼

gān nǎ li yǒu Wéi qún mā ma zuò de xiān yú hǎo chī
干，哪里有围裙妈妈做的鲜鱼好吃！

xiǎo māo men biān chī biān miāo miāo jiào hǎo xiàng
小猫们边吃边"喵喵"叫，好像

zài ān wèi Dà tóu ér zi méi guān xi yǒu yú gān chī zǒng
在安慰大头儿子：没关系，有鱼干吃总

bǐ méi yú chī hǎo
比没鱼吃好。

nǎ li yǒu xiāng pēn pēn de xiān yú chī ne Dà tóu ér
哪里有香喷喷的鲜鱼吃呢？大头儿

zi xiǎng a xiǎng a duì Wéi qún mā ma shēng bìng
子想啊，想啊……对，围裙妈妈生病

le kě hái yǒu bié de mā ma méi shēng bìng ya méi shēng
了，可还有别的妈妈没生病呀！没生

bìng de mā ma yí dìng huì tiān tiān qù mǎi xiān yú tiān tiān
病的妈妈一定会天天去买鲜鱼，天天

zuò yí dà pán wǒ wèi shén me bú dài zhe xiǎo māo qù yào
做一大盘，我为什么不带着小猫去要

yì xiē ne
一些呢？

kě yào shi tā men bù gěi ne Dà tóu ér zi yòu xiǎng
可要是她们不给呢？大头儿子又想

a xiǎng a zhōng yú xiǎng chu lai yí gè hǎo bàn fǎ qǐ
啊，想啊，终于想出来一个好办法：乞

丐看上去很可怜的，我们装扮成乞

丐一定就能讨到鱼！于是，大头儿子先给

自己捡了一顶破草帽戴上，然后又用

纱布分别在三只小猫的头上、身上和

腿上缠上几道，就带着它们出发了。

大头儿子敲开第一扇门乞讨："给

我们一些鲜美的鱼儿吃吧，我们饿

坏了！"

开门的是一位胖妈妈，她说："哎呀，

我只爱吃肉，不爱吃鱼，所以今天没有

买鱼。"

大头儿子敲开第二扇门乞讨："给我

们一些鲜美的鱼儿吃吧,我们饿坏了!"

开门的是一位瘦妈妈,她说:"哎呀,我只爱吃咸鱼,家里腌了好几缸哩,就是没有一条鲜鱼。"

大头儿子敲开第三扇门乞讨:"给我们一些鲜美的鱼儿吃吧,我们饿坏了!"

这回开门的是一位满头白发的老婆婆,她说:"真对不起,我老了,腿脚不利索,所以开门慢了。鲜美的鱼儿有很多,请进屋来吃吧!"当她一看见大头儿子身后还跟着三只小猫时,眼睛亮了起来,"瞧,多可爱的三只小猫!就像我三

个孩子小的时候，他们 总喜欢打扮 成

伤 病员的样子来跟我讨买冰棍的钱

……"老婆婆边 说 边 抱起三只小 猫，

"婆婆给你们鱼吃！给你们很多很多的

鱼吃！"

老婆婆听说三只小猫就住在 墙 角

落里，心疼得要命，她指着 窗 外说：

"天已经这么冷了，三只小猫住在外面

怎么受得了，就让它们住在我家里吧，

我也好有个伴。"

"真的！老婆婆你说的是真的？"大

头儿子简直不 相 信自己的耳朵，"老婆

po　tài xiè xie nǐ le　　Dà tóu ér zi bǎ liǎn jǐn jǐn de tiē
婆，太谢谢你了！"大头儿子把脸紧紧地贴

zài lǎo pó po de huái li
在老婆婆的怀里。

　　zhè tiān wǎn shang Dà tóu ér zi huí jiā de shí hou　tiān
　这天晚上大头儿子回家的时候，天

shàng piāo qi le xuě huā　　Dà tóu ér zi zài màn tiān de xuě
上飘起了雪花，大头儿子在漫天的雪

huā zhōng yì biān zǒu　yì biān
花中一边走，一边

dà shēng de chàng zhe gē　tā
大声地唱着歌，他

yì diǎn yě méi jué zhe lěng
一点也没觉着冷。

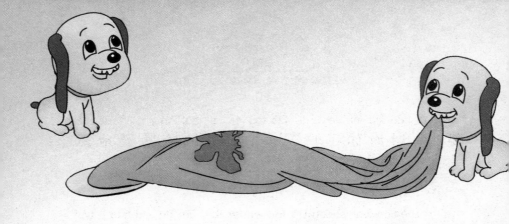

gǒu dì di　gǒu mèi mei
狗弟弟，狗妹妹

　　jiù jiu sòng gěi Dà tóu ér zi yì tiáo bān diǎn gǒu　Dà tóu
舅舅送给大头儿子一条斑点狗，大头
ér zi lè huài le　bǎ dà tóu zhí wǎng bān diǎn gǒu de dù zi
儿子乐坏了，把大头直往斑点狗的肚子
shang gǒng　 tā yì gāo xìng jiù zhè yàng　 yě bú guǎn bān diǎn
上 拱，他一高兴就这样，也不管斑点
gǒu xǐ bu xǐ huan tā zhè yàng　 bān diǎn gǒu bù xǐ huan　 tā
狗喜不喜欢他这样。斑点狗不喜欢，它
duǒ dào yǐ zi hòu mian qù le
躲到椅子后面去了。

　　zhōng wǔ　　Dà tóu ér zi dài zhe bān diǎn gǒu gāng chū
中午，大头儿子带着斑点狗刚出

mén jiù pèng dào lín jū Bèi bèi
门，就 碰 到 邻居 贝贝。

à bān diǎn gǒu tā shì nán de hái shi nǚ de
"啊，斑点 狗！它 是 男 的 还是 女 的？"

Bèi bei xiàn mù de mō mo gǒu ěr duo
贝贝 羡慕 地 摸摸 狗 耳朵。

Dà tóu ér zi lèng le lèng gǒu jiù shì gǒu méi you
大头儿子 愣 了 愣。"狗 就是 狗，没有

nán nǚ de tā xīn li xī wàng shì zhè yàng
男女 的。"他 心里 希望 是 这样。

zhè huí Bèi bei lèng le lèng nà tā men zěn me shēng
这 回 贝贝 愣 了 愣："那 它们 怎么 生

xiǎo gǒu ne
小 狗 呢？"

Bèi bei shuō de yǒu dào li ya nà me zhè tiáo bān diǎn
贝贝 说 得 有 道理 呀！那么 这 条 斑点

gǒu shì nán de hái shi nǚ de ne Dà tóu ér zi gǎn jǐn huí jiā
狗 是 男 的 还是 女 的 呢？大头儿子 赶紧 回家

qù wèn Xiǎo tóu bà ba
去 问 小头爸爸。

méi xiǎng dào Xiǎo tóu bà ba xiàng zhēn tàn yí yàng dīng
没 想到 小头爸爸 像 侦探 一样 盯

zhe gǒu kàn le bàn tiān jìng huí dá bù zhī dao
着 狗 看 了 半天，竟 回答"不 知道"。

大头儿子又去厨房问围裙妈妈。围裙妈妈正在刺拉刺拉煎带鱼："你喜欢弟弟就当它弟弟，你喜欢妹妹就当它妹妹。"

这倒是个不错的主意。大头儿子决定让斑点狗一天做弟弟，一天做妹妹。

不久，小区的阳光公园里要举行一个小狗聚会，是那个养了三条大狼狗、被大家叫做"狗司令"的老爷爷组织的。

这天，斑点狗正好轮到做妹妹，大头儿子给它换上一条小裙子，就带着

它到公园里去了。

哇，公园里已经有很多条狗，它们都打扮得很漂亮：梳辫子的、穿牛仔裤的、戴花边帽子的……可好玩呢！

狗司令老爷爷看见了大头儿子，就走过去抱起斑点狗看了看，忽然"哈哈"大笑起来："你怎么把一只公狗打扮成母狗的样子呀？"

大头儿子一下子觉得很难为情，就好像是自己穿着裙子和小朋友在聚会。他再看看斑点狗，发现它的脸也是红红的。

大头儿子一把抱起斑点狗走出阳
光公园，一路上他不停地对斑点狗
说："对不起！真是对不起！我以后再也
不会弄错了。我要天天给你穿裤子、
束皮带，还要给你起个名字就叫'男子
汉'！"

也许是"男子汉"这个名字让斑点
狗特别喜欢，只见它"咚"地跳下地，欢
快地朝前面跑去……

吓死人的黑豹
xià sǐ rén de hēi bào

狗司令的三条大狼狗比真的大狼还
gǒu sī lìng de sān tiáo dà láng gǒu bǐ zhēn de dà láng hái

要凶，每次它们出门散步，只要一看见
yào xiōng měi cì tā men chū mén sàn bù zhǐ yào yí kàn jian

别的狗就一起"汪汪，汪汪"连续叫，
bié de gǒu jiù yì qǐ wāng wāng wāng wāng lián xù jiào

好像在说，"滚开！小心我一口把你吃
hǎo xiàng zài shuō gǔn kāi xiǎo xīn wǒ yì kǒu bǎ nǐ chī

掉！"别的狗总是吓得转身就逃，它们
谁也不喜欢到大狼狗的肚子里去玩。

　　大头儿子的斑点狗简直已经被大狼
狗吓傻掉了，它一出门就东张西望，
还爱躲在大头儿子身后走，好像知道大
头儿子不怕大狼狗。大头儿子很生气，
就绕到斑点狗的后面使劲往前推它的
屁股："什么男子汉呀！你再这样我就叫
你胆小鬼！"可斑点狗还是不肯跑在前
面，它干脆趴在地上赖着不走了。

　　我一定要你勇敢起来！大头儿子白
天在心里这么想，夜里在梦中这么

shuō
说。

　　hòu lái tā zhōng yú xiǎng chu lai yí gè hǎo bàn fǎ
　　后来他终于想出来一个好办法，

zì jǐ tiān tiān zài jiā li xué dà láng gǒu de jiào shēng　wāng
自己天天在家里学大狼狗的叫声："汪

wāng　wāng wāng　　qǐ xiān Dà tóu ér zi yí jiào　bān diǎn
汪！汪汪！"起先大头儿子一叫，斑点

gǒu jiù bù gǎn kào jìn tā　　yào me duǒ dào zhuō zi xià mian
狗就不敢靠近他，要么躲到桌子下面，

yào me cáng dào mén bèi hòu　hòu lái màn màn de　　bān diǎn
要么藏到门背后。后来慢慢地，斑点

gǒu jiù bú pà le　Dà tóu ér zi zài zěn me jiào　tā yě gǎn
狗就不怕了，大头儿子再怎么叫，它也敢

pá dào tā de tuǐ shang qù wán
爬到他的腿上去玩。

　　　nǐ zhēn shì yí gè yǒng gǎn de nán zǐ hàn　　wǒ yào
　　"你真是一个勇敢的男子汉，我要

dài nǐ qù dǎ bài dà láng gǒu　Dà tóu ér zi kāi xīn de wèi
带你去打败大狼狗！"大头儿子开心地喂

gěi bān diǎn gǒu yì gēn cháng cháng de dà xiāng cháng
给斑点狗一根长长的大香肠。

　　jǐ tiān yǐ hòu fā shēng le yí jiàn guài shì qing
　　几天以后发生了一件怪事情。

那天下午天阴沉沉的，三条大狼狗在野地里打着玩，忽然它们像见了鬼似的一起朝不远处的狗司令飞跑过去，一到那儿就贴住他的裤腿再也不肯离开。

"你们这是怎么了？"狗司令很奇怪，他想不通在这儿居然还有让三条大狼狗如此害怕的东西。

狗司令独自一人朝野地里走去，他还没走近，远远地就看见一个黑乎乎的、比他的大狼狗要小一大半的一个小动物，小动物的尾巴上绑着一面绿旗，上面写着四个大字：一条黑豹；脑

袋前面像海盗那样扎着一根白布条，

上面画着三个骷髅。

哇！真的蛮可怕的。狗司令加快脚

步跑过去想看个仔细，可就在这时，忽然

一场大雨从天而降，只见那个黑乎乎

的小动物让雨水一浇，身上竟露出一

小片、一小片白色的毛……

"哈哈哈哈……"狗司令大笑起来，"大

头儿子，你往你的小不点身上涂的是

什么颜料呀！哈哈哈哈……"

这时，大头儿子也已经从另一边跑

来了："它不是小不点！它是一条黑豹！它

yǐ jīng dǎ bài le nǐ de dà láng gǒu nǐ hái xiào li hng
已经打败了你的大狼狗,你还笑哩,哼!"

bù zhī dao Dà tóu ér zi shì gāo xìng hái shi shēng qì ér gǒu
不知道大头儿子是高兴还是生气。而狗

sī lìng dào shì bú zài xiào le yīn wei tā hū rán xiǎng qi sān
司令倒是不再笑了,因为他忽然想起三

tiáo dà láng gǒu hái zài lín yǔ ne jiù jí máng bēn chu le
条大狼狗还在淋雨呢,就急忙奔出了

yě dì
野地……

tòng kǔ de gǒu shēn shì
痛苦的狗绅士

zhè tiān　Dà tóu ér zi dài zhe bān diǎn gǒu gāng yào zǒu
这天，大头儿子带着斑点狗刚要走

chu mén qù　hū rán yíng miàn yí zhèn dà fēng bǎ bān diǎn gǒu
出门去，忽然迎面一阵大风把斑点狗

de máo dōu chuī de xiàng hòu shù qi lai　bān diǎn gǒu yě hǎo
的毛都吹得向后竖起来，斑点狗也好

xiàng hán lěng shì de dǎ le gè lěng zhàn
像寒冷似的打了个冷颤。

Dà tóu ér zi kàn kan zì jǐ shēn shang xīn tiān shang qu
大头儿子看看自己身上新添上去

de hòu máo yī　zài kàn kan gǒu　biàn bǎ zì jǐ de máo yī
的厚毛衣，再看看狗，便把自己的毛衣

tuō xia lai gěi gǒu chuān　kě shì tài dà le　máo yī hǎo xiàng
脱下来给狗穿，可是太大了，毛衣好像

被子一样 全 拖 在 地 上 ，而且 狗 好 像 也
不 喜 欢 ，直 把 身 体 甩 来 甩 去 的 ，像 是
要 甩 掉 这 讨 厌 的 包 裹 。

要 是 有……嘿，大头儿子 忽 然 想 起 壁
橱 里 有 一 个 大 袋 子 ，那 里 面 装 满 了 他
小 毛 头 时 穿 的 衣 服 。他 带 着 斑 点 狗 赶
紧 回 家 打 开 壁 橱 ，从 大 袋 子 里 找 出 一 件
绒 衫 、一 件 毛 背 心 、两 件 毛 衣 ，全 给 斑
点 狗 穿 上 了 ：哈 ！不 大 不 小 正 好 ！
大头儿子 又 找 出 一 顶 绒 线 帽 和 一 双
棉 鞋……不 行 ，狗 有 四 条 腿 呢 ，再 找 ，可
找 出 来 的 是 一 双 布 鞋 。

一会儿，大头儿子再带着斑点狗出门的时候，斑点狗身上的斑点已经看不见了，能看见的是白色绒线帽、绿色绒线衣和两只蓝格子棉鞋、两只红碎花布鞋。

"汪汪汪！"斑点狗冲外面叫着，好像不愿意走出去。

大头儿子往外推它的屁股："走呀走呀，别不好意思，你现在看起来就像一个狗绅士！"

斑点狗硬被推到了外面，又被推着在路上走，只是一会儿，斑点狗就把它

de shé tou shēn chu lai le　hái hū hū zhí chuǎn qì
的舌头伸出来了,还呼呼直喘气。

yì qún xiǎo péng yǒu kàn jian chuān yī fu de gǒu　dōu
一群小朋友看见穿衣服的狗,都

wéi le guò lái
围了过来:

zhēn hǎo wán　ràng wǒ mō yi mō
"真好玩! 让我摸一摸!"

hā hā　xiàng rén yí yàng
"哈哈! 像人一样。"

yí gè nǚ hái hū rán wèn　tā wèi shén me bǎ shé tou
一个女孩忽然问:"它为什么把舌头

shēn chu lai
伸出来?"

Dà tóu ér zi xiǎng le yí xià shuō　tā de shé tou
大头儿子想了一下说:"它的舌头

yě lěng　yě xiǎng chuān yī fu ya
也冷,也想穿衣服呀。"

gǒu sī lìng qiān zhe tā de sān tiáo dà láng gǒu zǒu lai
狗司令牵着他的三条大狼狗走来

le　tā tíng zài bān diǎn gǒu gēn qián shuō　āi yā yā
了, 他停在斑点狗跟前说:"哎呀呀,

Dà tóu ér zi　kàn nǐ bǎ gǒu rè de lián shé tou dōu shēn chu
大头儿子,看你把狗热得连舌头都伸出

来了！"

"它不热，它冷。"大头儿子认真地说。

"难道你忘记了？夏天的时候狗都会热得把舌头伸出来！"

让狗司令这么一说，大头儿子这才想起来。他赶紧把狗带回家，替它把衣服脱了，再把衣服又塞回那个大袋子里。斑点狗不再伸舌头了，只是它从此以后只要一看见那个大袋子，就会大叫着转身躲进床底下。

wài   xīng   chē

外 星 车

bàng wǎn　　tiān kōng zhōng　yì tuán tuán wū yún hěn xiàng
傍 晚，天 空 中 一 团 团 乌 云 很 像

guài shòu de liǎn　　tā men niǔ lai niǔ qu　　nǐ tuī wǒ jǐ　　hǎo
怪 兽 的 脸。它 们 扭 来 扭 去，你 推 我 挤，好

xiàng zài zuò yóu xì　　yòu hǎo xiàng zài chǎo jià
像 在 做 游 戏，又 好 像 在 吵 架。

diàn yǐng yuàn li　gāng gāng fàng wán　　Chāo jí Guài
电 影 院 里 刚 刚 放 完《超 级 怪

shòu　　zhè huì er zhèng sàn chǎng　　xǔ duō dà ren　xiǎo hái
兽》，这 会 儿 正 散 场，许 多 大 人、小 孩

cóng lǐ miàn zǒu chu lai　　měi zhāng liǎn kàn shang qu yào me
从 里 面 走 出 来，每 张 脸 看 上 去 要 么

hěn jǐn zhāng　　yào me hěn xīng fèn
很 紧 张，要 么 很 兴 奋。

yí gè nǚ hái shuō　　wǒ zài yě bú yào kàn zhè zhǒng
一 个 女 孩 说："我 再 也 不 要 看 这 种

diàn yǐng le xià sǐ wǒ le
电影了，吓死我了！"

　　yí gè nán hái shuō　　guò yǐn　zhēn guò yǐn　　nà guài
　　一个男孩说："过瘾，真过瘾！那怪

shòu de yǎn jing li huì shēn chū shǒu lai
兽的眼睛里会伸出手来……"

　　Dà tóu ér zi hé Xiǎo tóu bà ba yě zǒu zài rén qún
　　大头儿子和小头爸爸也走在人群

zhōng　　tā men zhí dào guǎi shang yì tiáo xiǎo lù cái kāi shǐ
中，他们直到拐上一条小路才开始

shuō huà
说话。

　　Dà tóu ér zi wèn　　Xiǎo tóu bà ba　　zhēn yǒu nà
　　大头儿子问："小头爸爸，真有那

zhǒng guài shòu ma
种怪兽吗？"

　　méi you　nà shì xiǎng xiàng chu lai de
　　"没有，那是想像出来的。"

　　fǎn zhèng jí shǐ yǒu wǒ yě bú pà　　Dà tóu ér zi
　　"反正即使有我也不怕。"大头儿子

shén qì de shuō　　wǒ jiù duì tā shuō　　wǒ shì guài shòu dài
神气地说，"我就对它说：'我是怪兽大

wang　　nǐ yào tīng wǒ de huà
王！你要听我的话！'"

小头爸爸听了说："没等你说完，
怪兽就把你的头给拧下来，扔给星星
当球踢了。"

说到这儿，他们一起抬头去看天
空。乌云已经把天空盖住了，它们得
意地看着大地，好像在等待着什么恶
作剧。

大头儿子说："今晚星星没有出来，
大概都给乌云吃掉了。"

小头爸爸说："这是要下暴雨了，我
们赶快火速前进！"

"是！小头爸爸！"大头儿子说着首

xiān pǎo qǐ lai
先 跑 起 来。

Dà tóu ér zi zài qián mian pǎo　　Xiǎo tóu bà ba zài hòu
大 头 儿 子 在 前 面 跑， 小 头 爸 爸 在 后

mian pǎo　pǎo zhe pǎo zhe　yí dào shǎn diàn xiàng yì bǎ jù dà
面 跑，跑 着 跑 着，一 道 闪 电 像 一 把 巨 大

de bǎo jiàn huá guo tiān kōng　gēn zhe jiù shì yì shēng jù xiǎng
的 宝 剑 划 过 天 空， 跟 着 就 是 一 声 巨 响

hōng lōng lōng　　　　hǎo xiàng tiān shàng yǒu yí kuài jù shí
"轰 隆 隆……" 好 像 天 上 有 一 块 巨 石

bèi bǎo jiàn pī kai le　Dà tóu ér zi xià de gǎn jǐn dūn xia
被 宝 剑 劈 开 了。 大 头 儿 子 吓 得 赶 紧 蹲 下，

shuāng shǒu jǐn jǐn bào zhù dà tóu　jǐn gēn zài hòu mian de
双 手 紧 紧 抱 住 大 头。 紧 跟 在 后 面 的

Xiǎo tóu bà ba lái bu jí zhǐ bù　yí xià bàn zài Dà tóu ér
小 头 爸 爸 来 不 及 止 步， 一 下 绊 在 大 头 儿

zi shēn shang　shuāi le gè gēn tou　Xiǎo tóu bà ba de
子 身 上， 摔 了 个 跟 头。 小 头 爸 爸 的

yǎn jìng bèi shuǎi shang le shù zhī　kāi xīn de zài shàng mian
眼 镜 被 甩 上 了 树 枝，开 心 地 在 上 面

dàng qiū qiān
荡 秋 千。

Dà tóu ér zi hài pà bǎo jiàn　hài pà jù xiǎng　tā
大 头 儿 子 害 怕 "宝 剑"，害 怕 巨 响， 他

扶起小头爸爸，说："还是你在前面跑，
我在后面跑吧！"

他们继续跑，跑着跑着，大雨就哗哗
地落下来了。大头儿子高兴地说："真好
玩！真好玩！"他还把脸抬起来，让大雨
落进他的嘴里。

小头爸爸说："怎么样？围裙妈妈可
从来没有带你在这么大的雨里玩过吧！"

只一会儿，他们的衣服就湿透了，好
像从洗衣机里捞出来没有甩干过一
样。头发也湿透了，贴在大头小头上，大
头显得更大，小头显得更小。凹凸不平

de dì miàn hěn kuài jī qǐ yí gè gè shuǐ wā sì zhī jiǎo zài
的地面很快积起一个个水洼，四只脚在

dà dà xiǎo xiǎo de shuǐ wā li pī li pā lā cǎi guo bǎ shuǐ
大大小小的水洼里噼里啪啦踩过，把水

jiàn de gāo gāo de jiù hǎo xiàng bēn pǎo zài yì duǒ duǒ shuǐ huā
溅得高高的，就好像奔跑在一朵朵水花

li
里……

pǎo zhe pǎo zhe Dà tóu ér zi qì chuǎn xū xū de
跑着跑着，大头儿子气喘吁吁地

shuō xiǎo tóu bà ba wǒ shí zài pǎo bu dòng le
说：“小头爸爸，我实在跑不动了。”

Xiǎo tóu bà ba tóu yě bù huí shuō nǐ jiù xiǎng
小头爸爸头也不回，说：“你就想

xiàng hòu mian yǒu guài shòu zài zhuī gǎn
像后面有怪兽在追赶……”

Dà tóu ér zi niǔ tóu kàn kan shēn hòu qī hēi qī hēi
大头儿子扭头看看，身后漆黑漆黑，

zhǐ yǒu yí piàn huā huā luò dì de yǔ shēng tā xià de yí xià
只有一片哗哗落地的雨声。他吓得一下

chōng shang qu jǐn jǐn zhuā zhù Xiǎo tóu bà ba de dà shǒu
冲上去，紧紧抓住小头爸爸的大手。

yǔ zhēn de xiàng guài shòu yí yàng jǐn zhuī bú fàng
雨真的像怪兽一样紧追不放，

"哗啦啦，哗啦啦"，声音越来越大，越来
越响，越来越急。

小头爸爸边跑边说："如果我们再
跑下去，非变成两条鱼不可！"

"太好了！"大头儿子说，"我想变
成鲨鱼！"

"那围裙妈妈怎么办？没有我们她会
很寂寞的！"小头爸爸提醒大头儿子。

大头儿子说："那……"他忽然看见
前面有一个大水泥管，"我们还是做人
吧，到那里面去！"

小头爸爸一看忙说："对，加把劲，

dào nà lǐ miàn kě yǐ biān duǒ yǔ biān xiū xi
到 那 里 面 可 以 边 躲 雨 边 休 息 ！ ”

tā men pǎo a pǎo zhí dào pǎo jìn shuǐ ní guǎn cái
他 们 跑 啊 跑 ， 直 到 跑 进 水 泥 管 ， 才

bǎ yǔ shuǎi kai
把 雨 甩 开 。

tā men gǎn jǐn tuō xia shàng yī huā de nǐng xia
他 们 赶 紧 脱 下 上 衣 ，“ 哗 ” 地 拧 下

liǎng dà tān shuǐ gǎn jǐn tuō xia xié zi huā de dào xia
两 大 摊 水 ； 赶 紧 脱 下 鞋 子 ，“ 哗 ” 地 倒 下

sì dà tān shuǐ gǎn jǐn cè guo zuǒ ěr duo cè guo yòu ěr
四 大 摊 水 ； 赶 紧 侧 过 左 耳 朵 ， 侧 过 右 耳

duo zhǐ jiàn huā huā de shuǐ liú chu lai zhèng hǎo xǐ gān
朵 ， 只 见 “ 哗 哗 ” 的 水 流 出 来 ， 正 好 洗 干

jìng le tā men de jiǎo zuì hòu Dà tóu ér zi shǐ jìn yì xī
净 了 他 们 的 脚 。 最 后 ， 大 头 儿 子 使 劲 一 吸

bí zi zài yòng lì yì pēn jiāng bí zi li de yǔ shuǐ quán
鼻 子 ， 再 用 力 一 喷 ， 将 鼻 子 里 的 雨 水 全

pēn zài Xiǎo tóu bà ba de xiǎo tóu shang Xiǎo tóu bà ba gǎn
喷 在 小 头 爸 爸 的 小 头 上 。 小 头 爸 爸 赶

jǐn duǒ kai bú liào tā shuāng jiǎo yì yí dòng shuǐ ní guǎn
紧 躲 开 。 不 料 他 双 脚 一 移 动 ， 水 泥 管

jìng gēn zhe dòng qi lai shì wǎng yí gè fāng xiàng zhuàn
竟 跟 着 动 起 来 ， 是 往 一 个 方 向 转

dòng
动。大头儿子被猛地摇晃一下，差点
chà diǎn

shuāi dǎo
摔倒。

Xiǎo tóu bà ba de yǎn jing zài yǎn jìng piàn hòu mian liàng
小头爸爸的眼睛在眼镜片后面亮

qǐ lái   hā hā   wǒ fā xiàn le   zhòng xīn yí dòng fǎ
起来："哈哈！我发现了'重心移动法'，

wǒ men kě yǐ lì yòng zhè ge yuán lǐ   jì bù lín yǔ   yòu
我们可以利用这个原理，既不淋雨，又

néng huí jiā
能回家。"

zhēn de ma   Dà tóu ér zi gāo xìng de yí tiào
"真的吗？"大头儿子高兴得一跳，

shuǐ ní guǎn yòu huàng dòng le yí xià
水泥管又晃动了一下。

Xiǎo tóu bà ba shuō   nǐ zhǐ yào fú cóng mìng lìng tīng
小头爸爸说："你只要服从命令听

cóng zhǐ huī   jiù bǎo zhèng néng gòu chéng gōng
从指挥，就保证能够成功。"

shuǐ ní guǎn màn màn cháo yí gè fāng xiàng gǔn dòng qǐ
水泥管慢慢朝一个方向滚动起

lái   Dà tóu ér zi hé Xiǎo tóu bà ba gè zhàn shuǐ ní guǎn de
来，大头儿子和小头爸爸各站水泥管的

一头，用同样的速度一起移动着脚步。

水泥管滚动得越来越快，大头儿子跟着小头爸爸的脚步移动得越来越快。

大头儿子一边移动脚步，一边大声说："啊，开心！开心！真是好玩极了！"

小头爸爸喊："注意了，集中思想！你看好左边的车辆，我看好右边的车辆！"

大头儿子赶快回答："是！坚决执行命令！"

水泥管在大街上笔直前进，在大

yǔ zhōng kuài sù gǔn dòng
雨中快速滚动。

Dà tóu ér zi hé Xiǎo tóu bà ba
大头儿子和小头爸爸

zài yě lín bu dào yǔ le
再也淋不到雨了，

tā men yì biān kàn zhe lù miàn
他们一边看着路面，

yì biān dé yì de zì jǐ biān gē chàng qi lai
一边得意地自己编歌唱起来：

wǒ men nán zǐ hàn
我们男子汉

bú pà tiān kōng àn
不怕天空暗

hōng lōng lōng
轰隆隆

hōng lōng lōng
轰隆隆

wǒ men bǎ hēi àn
我们把黑暗

shuǎi zài shēn hòu mian
甩在身后面

zhè shí　yuǎn chù yǒu yí liàng kǎ chē yíng miàn kāi lai
这时，远处有一辆卡车迎面开来。

sī jī kāi zhe kāi zhe　hū rán dèng dà yǎn jing　hǎo xiàng kàn
司机开着开着，忽然瞪大眼睛，好像看

jian le guǐ yí yàng　děng dào chē kāi de zài jìn yì xiē　tā
见了鬼一样。等到车开得再近一些，他

终于看清了雨中滚动的水泥管，心想这东西没门没窗，却会自己滚动，那必定是——"啊！飞碟！飞碟！"他大叫着紧急刹车，原地快速掉头，"哗"地逃得没了影子。

不一会，从水泥管后面又开来一辆轿车。司机减慢速度，打起大灯照射水泥管，可看不清。他又摇下车窗看，终于看清那是一个奇怪的滚动物时，他的声音也跟着抖动起来："这是魔鬼车！魔鬼车！"他立刻往左拐，上了另一条小路。

"真没有想到我们的'车'变成了老虎车，把别的车都吓跑了！"小头爸爸得意地说。

大头儿子说："这样我们可以闭上眼睛开，反正没有别的车了！"

他们正说着，哈！从丁字路口横蹿出一辆敞篷车，车上一群少男少女正大唱着流行歌曲，"哗哗"的雨声好像在给他们伴奏一样。正当他们唱得摇头晃脑时，发现了水泥管，顿时吓得歌声没了，只剩下雨的伴奏声。他们慌忙合上车篷，加大马力

开得飞一样快。直到看不见水泥管,他
们才敢说话:

"那是什么怪物?难道是飞碟?"

"我们还是在地球上吧?怎么会看
见外星球的东西!"

"那大概就是外星车吧!"

"我们快去给电视台打电话。"

……

水泥管在大街上继续滚动。雨开
始小了,因为所有的司机都给吓跑了,大
街上空空的,水泥管越滚越快,不一
会就滚到了他们的家门前。

"真没劲！"大头儿子一边从水泥

管里出来一边说，"我宁可今天晚上

不睡觉，也要待在水泥管里。"

小头爸爸说："那我们明天早晨肯

定要被送到医院里再待上一个星期，

那会很难受的。"

一进门，小头爸爸就催大头儿子先

去洗澡："用热水狠狠地泡一下。"小头

爸爸打开电视机，只见屏幕上的武打片

忽然中断，变成了一位播音员。那播

音员说："观众们，我们刚刚接到热

心观众打来电话，说他们在7号公路

kàn jian yí liàng wài xīng chē xiàn zài wǒ men quán tǐ shè zhì
看见一辆外星车。现在我们全体摄制

rén yuán yǐ jing gǎn fù xiàn chǎng qǐng guān zhòng péng you men
人员已经赶赴现场，请观众朋友们

zhù yì shōu kàn
注意收看……"

　　Dà tóu ér zi yě tīng jian le　　tā guǒ zhe yù jīn cóng
　　大头儿子也听见了，他裹着浴巾从

yù shì li pǎo chu lai kàn
浴室里跑出来看。

　　píng mù shang chū xiàn le xǔ duō rén　　hái yǒu jǐng chá
　　屏幕上出现了许多人，还有警察，

diàn shì tái de chē zài yè wǎn de dà jiē shang xíng shǐ　　zuì
电视台的车在夜晚的大街上行驶，最

hòu dào dá　　yí gè shuǐ ní guǎn qián mian tíng xia
后到达一个水泥管前面停下。

　　bō yīn yuán yòu jiē zhe jiǎng　　qǐng kàn　　zài wǒ men
　　播音员又接着讲："请看，在我们

shēn hòu　　zhè xíng tóng shuǐ ní guǎn de jiù shì wài xīng chē
身后，这形同水泥管的就是外星车

……"

　　Xiǎo tóu bà ba hé Dà tóu ér zi　　hā hā　　kuáng xiào qi
　　小头爸爸和大头儿子"哈哈"狂笑起

来，连忙打开窗，只见外面人山人海，
团团围住他们刚刚丢下的水泥管，摄
像灯和探照灯如同闪电一样。

　　大头儿子说："小头爸爸，这样我们
就成了'外星人'了！"

　　小头爸爸说："对，'外星人'现在得
给电视台打个电话了！"

　　小头爸爸

拨通了电视台

热线电话：

　"喂，你好！我

想到电视台

duì nǐ men zhèng zài bō chu de wài xīng chē yí shì zuò chu
对你们 正在播出的'外星车'一事做出

jiě shì hǎo wǒ lì kè jiù dào
解释。好,我立刻就到。"

Dà tóu ér zi hé Xiǎo tóu bà ba xùn sù lín yù xùn sù
大头儿子和小头爸爸迅速淋浴,迅速

huàn shang gān jìng yī fu xùn sù zǒu chu jiā mén wǎng diàn shì
换 上干净衣服,迅速走出家门 往 电视

tái qù yí lù shang tā men yòu rěn bu zhù chàng qi lai
台去。一路 上他们又忍不住唱起来:

wǒ men nán zǐ hàn
我们男子汉

bú pà tiān kōng àn
不怕天空暗

hōng lōng lōng
轰隆隆

hōng lōng lōng
轰隆隆

wǒ men bǎ hēi àn
我们把黑暗

shuǎi zài shēn hòu mian
甩在身后面

……

图书在版编目(C I P)数据

烦恼的高兴事/郑春华著.—上海：少年儿童出版社，
2008.1

("大头儿子和小头爸爸"拼音版)

ISBN 978-7-5324-7486-8

Ⅰ.烦... Ⅱ.郑... Ⅲ.汉语拼音—儿童读物 Ⅳ.H125.4

中国版本图书馆CIP数据核字 (2007) 第172369号

"大头儿子和小头爸爸"拼音版
烦恼的高兴事

郑春华 著

叶雄图文工作室 画

朱 慧 扉页图

费 嘉 装帧

责任编辑 唐池子 美术编辑 费 嘉

责任校对 黄亚承 技术编辑 裘兴海

出版：上海世纪出版股份有限公司少年儿童出版社

地址：200052 上海延安西路 1538 号

发行：上海世纪出版股份有限公司发行中心

地址：200001 上海福建中路 193 号

易文网：www.ewen.cc 少儿网：www.jcph.com

电子邮件：postmaster @ jcph.com

印刷：上海商务联西印刷有限公司

开本：889×1194 1/32 印张：4.25 字数：26 千字 插页：4

2010 年 3 月第 1 版第 5 次印刷

ISBN 978-7-5324-7486-8／I·2701

定价：10.00 元